Die Nacht der Brückenheiligen

Kurt Egreder

Die Nacht der Brückenheiligen

Königshausen & Neumann

Bibliografische Information der Deutschen Nationalbibliothek

Die Deutsche Nationalbibliothek verzeichnet diese Publikation in der Deutschen Nationalbibliografie; detaillierte bibliografische Daten sind im Internet über http://dnb.d-nb.de abrufbar.

Gedruckt auf säurefreiem, alterungsbeständigem Papier
Umschlag: skh-softics / coverart

Printed in Germany
ISBN 978-3-8260-4231-7
www.koenigshausen-neumann.de
www.libri.de
www.buchhandel.de
www.buchkatalog.de

Für Eva

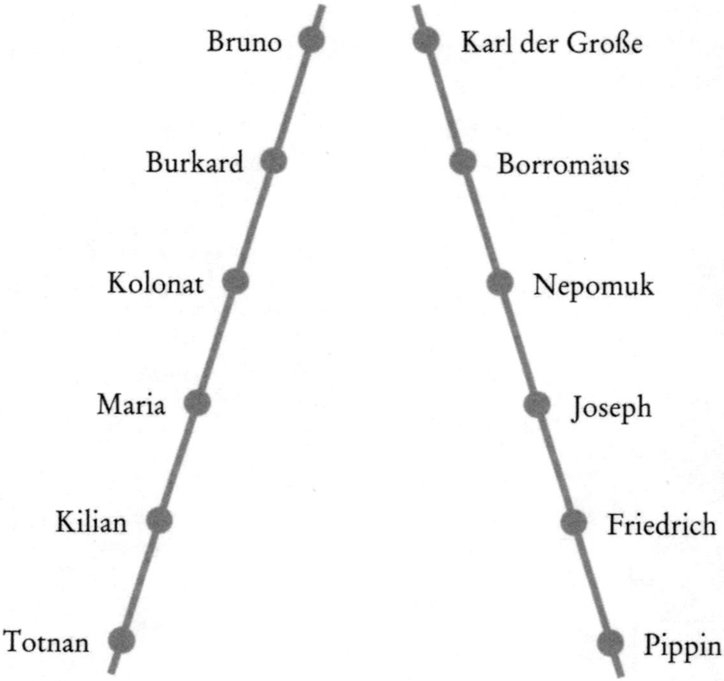
Bruno
Burkard
Kolonat
Maria
Kilian
Totnan
Karl der Große
Borromäus
Nepomuk
Joseph
Friedrich
Pippin

Gesamtansicht der Brückenheiligen

Das Wohnzimmer der Brückenheiligen

Würzburg lag in der Abendsonne. Es war ein schöner Tag gewesen und die Sonne versank nun hinter dem Marienberg. Die Festung glühte noch einmal rot auf, bevor sie sich zur Nachtruhe begab. Der Main floss träge. Er war viele Kilometer unterwegs gewesen, hatte sich betrachten lassen, Schiffe und Boote sanft gewiegt und ein Stück mitgenommen und wollte nun seine Ruhe haben. Für die Heiligen auf der Alten Mainbrücke würde es nun nur noch ein paar Stunden dauern. Was keiner der vielen Besucher, die tagsüber auf dieser Brücke spazierten, und auch die wenigsten Einheimischen wussten war, dass die Brückenheiligen des Nachts ihre Sockel verlassen, um sich nach dem langen Stehen die Füße zu vertreten. Am Anfang stiegen alle zwölf herunter, aber das war ein zu großes Gedränge, und so hatte man sich auf wechselseitiges Herabsteigen geeinigt: mal die von der Südseite, dann wieder die von der Nordseite der Brücke. Heute Nacht waren die von der Südseite dran. Früher hatte die heilige Maria gegen diese Regelung opponiert, weil direkt ihr gegenüber ihre Familie, nämlich der heilige Joseph mit dem Jungen, der später als der gekreuzigte Heiland bekannt wurde, platziert war, aber sie wurde schlicht überstimmt. Wie gesagt, heute Nacht war die Südseite dran.

Die Sonne war nun ganz versunken. Trotzdem musste man warten, bis die Turmuhr eins geschlagen hatte. Vorher durfte niemand von seinem Sockel steigen. Das hat nichts mit Geisterstunde zu tun, sondern mit einer einfachen Regelung:

Um ein Uhr endet in Würzburg das Nachtleben, danach ist nicht mehr zu befürchten, dass jemand von den Menschen die Brücke betritt.

Da die Brückenheiligen also erst danach ihre Sockel verlassen, hat sie auch nie ein Würzburger jemals herabsteigen sehen. So weit zu der sehr einfachen Erklärung dieses Phänomens.

Die Brückenheiligen waren dem Erbauer der alten Mainbrücke, einem gewissen Enzelin, sehr dankbar. Für dessen Zeitgenossen war die damals neue Brücke ein Bauwunder. Aus heutiger Sicht verständlich, denn der Tourismus nach Ägypten hielt sich im 12. Jahrhundert eben noch in Grenzen. Obwohl die Brücke als älteste deutsche Steinbrücke größerer Länge schon im Jahre 1133 fertig war, kamen sie, die Heiligen, aber erst im Jahre 1725 dazu. Und zwar zuerst die sechs Südseitler. Sie hatten also gegenüber den Nordseitlern die älteren Rechte an der Brücke und ließen das gelegentlich bei Meinungsverschiedenheiten auch anklingen. Wie gesagt, sie waren dem Erbauer der Brücke dankbar. Wo hätten sie auch sonst stehen sollen? Die meisten Heiligen hielten sich ja im Himmel auf, aber dort war man zu sehr unter Kontrolle, da war es hier unten schon besser und außerdem war die Gruppe überschaubar. Man kannte sich nun schon sehr lange und wusste, was man voneinander zu halten hatte. Zusammengeschweißt wurde die Gruppe der Südseite auch durch die Tatsache, dass alle sechs Ausländer waren. Das ist bei Heiligen zwar nichts Ungewöhnliches, weil die gesamte Besetzung des Alten und Neuen Testamentes einschließlich der Führungsetage im Himmel sowie der Filiale in Rom auch Ausländer waren bzw. noch sind, jedenfalls aus fränkischer Sicht, trotzdem ergab sich aus dieser Tatsache ein gewisses Zusammengehörigkeitsgefühl.

Die Bewohner der Südseite

Wir wollen uns diese Südseitler einmal näher betrachten.

Betritt man die alte Mainbrücke von der Stadt aus, begegnet man als Erstem auf der Südseite dem heiligen Totnan. Er war zu Lebzeiten ein junger irischer Mönch, der im Gefolge von Kilian nach Würzburg gekommen war. Totnan hatte in seiner irischen Heimat keine handwerkliche Ausbildung genossen, sondern im Kloster beten gelernt und war zum Fischfang eingeteilt. Wobei er Salmon fing, große Fische mit köstlich rotem Fleisch. Irischer Lachs ist ja inzwischen weltberühmt. Darum hätte er sich hier in Würzburg als Fischer betätigen können, aber winzige Meefischli zu fangen, hatte er keine Lust. Also betätigte er sich in Würzburg mit dem Bekehren der einheimischen fränkischen Heiden zum Christentum.

Er war derjenige, der immer als Erster von seinem Sockel herunterwollte. Die anderen mussten ihn ständig ermahnen, sonst wäre er schon lange vor ein Uhr heruntergestiegen, in die Stadt gegangen und hätte mitgefeiert.

Direkt neben ihm steht sein Chef, der heilige Kilian. Er ist der Grandseigneur auf der Brücke, mindestens auf der Südseite. Er drückt sich immer sehr gewählt aus. Als Würzburger liebt man den heiligen Kilian schon von Kindesbeinen an, ist doch nach ihm das größte Volksfest, das „Kiliani", benannt. Kilian bedeutet für Kinder also Zuckerwatte, Karussells, Bonbons und Achterbahn. Aber auch die erwachsenen Würzburger lieben ihren Kilian. Wie wir aus der Passio minor wissen, soll er nämlich bei seiner Ankunft in Würzburg, das damals 'Wirziburg' hieß, zu seinen Gefährten gesagt haben:

„Brüder, seht den herrlichen Ort und die uns angenehmen Menschen!“

Tja, wie man es in den Wald hineinruft, so schallt es heraus.

Kilian ist der Ranghöchste in der Gruppe der Iren. Wenn er sich mit Totnan und Kolonat ungestört unterhalten will, dann spricht er gälisch mir ihnen. Das ärgert besonders den Engländer Burkard, denn die Nachfahren jenes Volkes, dem Burkard entstammt, hatten sich nach Kräften bemüht, den Iren ihre gälische Sprache auszutreiben. Der Konflikt zwischen Iren und Engländern lässt sich ja schon aus dem Erscheinungsbild der Südseitler ablesen. Nicht zufällig haben Kilian und Burkard Schwerter in der Hand.

Kilian ist mit seinen beiden Gefährten nicht nur Brückenheiliger, sondern auch Märtyrer. Allen dreien wurde auf Befehl der Herzogin Gailana mit dem Schwert das letzte Stündlein bereitet, weil Kilian sich gegen die Ehe Herzog Gozberts mit der Frau seines verstorbenen Bruders, eben dieser Gailana, gestellt hatte.

Etwas über die dritte Figur, die heilige Maria, zu sagen, hieße, Rebläuse nach Würzburg tragen zu wollen. Die gesamte Menschheit, jedenfalls soweit sie weiblich und katholisch ist, hat schon in zartem Alter davon geträumt, eben diese Maria im weihnachtlichen Krippenspiel in Kindergarten oder Schule darstellen zu dürfen. Wer zählt die Millionen von Tränen, die schon geflossen sind, wenn es dann doch nur Ochs oder Eselein geworden ist. Naturgemäß hat Maria den besten Draht nach oben, deshalb wird sie von den anderen ein ganz klein wenig respektvoller behandelt. Ein immer wiederkehrendes, harmloses Späßchen können sich ihre Mitbewohner der Südseite aber, mit Ausnahme von Kilian natürlich, doch nicht verkneifen. Die Verbindung nämlich ihres Beinamens Immaculata, wie es in Kirchenlatein heißt, was ‚Die Unbefleckte' bedeutet, mit den vielen Tauben, die es in der Gegend gibt. Aber davon wird noch die Rede sein.

Auf Maria folgt, wenn man auf der Südseite der Brücke stadtauswärts spaziert, der heilige Kolonat.

In der Rangfolge der drei Iren stellt der Priester Kolonat zwischen dem Bischof Kilian und dem Diakon Totnan so etwas wie eine Mittelinstanz dar. Er wäre von seinem Standort her gerne neben Totnan platziert worden, weil er dann besser auf ihn hätte aufpassen können. Aber einfach die Plätze zu tauschen, war nicht drin. Erstens behaupteten die anderen ihre angestammten Plätze und zweitens könnte sich ja vielleicht auch mancher Würzburger wundern, wenn eines Morgens plötzlich Kolonat neben Totnan stehen würde. Eine Diskussion darüber, wie viele Würzburger das überhaupt merken würden, wurde von Kilian kurzerhand unterbunden.

Zwischen Kolonat und der nächsten Figur, dem heiligen Burkard, verläuft sozusagen die irisch-englische Grenze.

Wie schon erwähnt, ist Burkard Engländer. Er stammte aus dem westlichen Südengland und gehörte zu den engsten Mitarbeitern seines Landsmannes Bonifatius, der damals noch unbehelligt Eichen fällen konnte, weil es noch keine Fraktion der Grünen gab. Von diesem Bonifatius wurde Burkard zum ersten Bischof von Würzburg geweiht. In dieser Eigenschaft fiel ihm die Aufgabe zu, Dom und Domstift einzurichten. Gelegentlich ist in Diskussionen zwischen ihm und Kilian Unmut spürbar, weil der Dom inzwischen nach Kilian benannt ist und nach ihm, Burkard, nur eine Kirche zu Füßen des Festungsberges. Besondere Genugtuung bereitet es ihm, dass auch der heilige Patrick, der verehrte Schutzpatron der Iren, aus dem westlichen England stammt. Der wurde nämlich als Junge von irischen Piraten nach Irland verschleppt, was aber die wenigsten Iren wissen, sonst würde der 17. März, in aller Welt als St. Patrick's Day bekannt und mit viel Alkohol gefeiert, an Bedeutung verlieren. Wenn Burkard den drei Iren also eins auswischen will, weist er nebenbei darauf hin, dass ihre Landsleute einen Engländer verehren.

Bevor man auf seinem Spaziergang nun wieder festen Boden betritt, kommt man noch zur letzten Figur der Südseite, dem heiligen Bruno.

Bischof Bruno ist Österreicher und ein Sohn des Herzogs Konrad von Kärnten. Er wuchs in Salzburg auf. Als Brückenfigur ist er mit einem Buch in der Hand dargestellt, in das er mit dem Finger zeigt. Diese Darstellung soll auf seine Förderung des damaligen Schulwesens, vor allem der Domschule in Würzburg, hinweisen. Tatsächlich aber stellen Buch und Finger sein erstes Betreten fränkischen Bodens dar. In dieser Pose hat man Bruno in Würzburg ankommen sehen, mit Landkarte in der Hand und nach dem Weg fragend. Als echtem Österreicher war die Standortfrage auf der Brücke für ihn sofort klar: Er wollte den Platz auf dem ersten Sockel von der Mainviertelseite aus gesehen, weil das der nächste Platz zum Kaffeehaus Brückenbäck ist. Kann er als Brückenheiliger zwar nicht hineingehen und einen Braunen trinken, so kann er sich doch von seinem Sockel aus den Duft von frischem Kaffee um die Nase wehen lassen und die Leute beim Verzehren von Obstkuchen mit Schlagobers beobachten. Eigentlich sind Bruno und Burkard niemals heilig gesprochen worden, aber sie werden trotzdem zu den Brückenheiligen gezählt. Man ist da, die Nordseite eingeschlossen, nicht kleinlich. Und dann weiß man ja auch, wie viel den Österreichern Titel bedeuten.

Das Casting der Südseite

Nachdem wir die Heiligen der Südseite nun kennen gelernt haben, wollen wir uns einmal ansehen, wie sie überhaupt auf die alte Mainbrücke gekommen sind. Wir befinden uns dazu im Jahre siebzehnhundertvierundzwanzig und begeben uns … in den Himmel.

Der Erzengel Gabriel sitzt am Schreibtisch, über seine Bücher gebeugt. Zu seinen Aufgaben gehört es, darin nachzusehen, wann eine verstorbene Seele heraufgeholt werden musste, wer direkt in das Paradies durfte und wer wie viel Fegefeuer abzusitzen hat. Außerdem hat er die Einkleidung zu veranlassen, die Ausgabe der Musikinstrumente zu überwachen und die Probenzeiten festzulegen. Denn jede arme Seele, die in die Ewigkeit abberufen wird, bekommt zunächst ein weißes Kleid, einem Nachthemd ähnlich, und darf sich dann ein Instrument aussuchen. Zur Auswahl stehen Harfe oder Posaune. Wer kein Instrument spielen will, kann im Chor mitsingen. Der Erzengel Gabriel hat also viel zu tun. Die eigentliche Aufnahme in den Himmel macht ja Petrus, der Pförtner, aber der will immer alles gut vorbereitet haben. Gabriel zieht seine Taschenuhr heraus, lässt den Deckel aufspringen und seufzt. Heute will die Zeit nicht vergehen. Er beugt sich wieder über seine Bücher und rechnet mühsam etwas nach. Ein Engel erscheint mit einer Unterschriftenmappe, klappt sie auf und legt sie dem Erzengel zurecht.

„Hier, Herr Erzengel, die Unterschriftenmappe."

Gabriel blättert, unterschreibt, blättert wieder und zögert dann.

„Was denn? Soll schon wieder einer heilig gesprochen werden? Wird langsam ein bisschen viel hier heroben. Kaum sind sie Heilige, wollen sie auch schon alle möglichen Vergünstigungen. Na ja, von mir aus, wir haben ja alle mal klein angefangen."

Er unterschreibt und blättert um. Plötzlich klopft es.

Gabriel sieht den Engel fragend an. „Haben wir jetzt Sprechstunde?"

„Eigentlich nicht, Herr Erzengel."

Gabriel wird ein wenig ärgerlich. „Dass die sich nie an die Zeiten halten können. Wie soll man denn da seine Arbeit machen?!"

Der Engel zuckt mit den Schultern. „Ist wahrscheinlich eine neue Seele, Herr Erzengel. Die kennen doch die Sprechzeiten noch nicht."

„Aber was! Hängt doch ein Schild draußen", entgegnet Gabriel. „Wahrscheinlich wieder einer, der nicht lesen kann. Herein!"

Eint Fürstbischof betritt schwungvoll den Raum.

„Guten Abend … ich wollte sagen, gelobt sei … "

Gabriel schneidet ihm das Wort ab.

„Wir haben jetzt keine Sprechstunde. Hast du das Schild draußen nicht gesehen, mein Sohn?"

Der Fürstbischof ist etwas pikiert.

„Ich wusste nicht, dass es auch für Fürstbischöfe gilt." Gabriel klärt ihn gleich mal auf.

„Hier oben sind alle gleich. Bis auf die Heiligen. Die meinen immer, sie wären was Besonderes. Aber du wirst ja nicht gleich heilig gesprochen werden wollen."

Der Fürstbischof räuspert sich.

„Nun ja, ich bin ja nicht irgendjemand. Ich dachte eigentlich schon, dass ...

„Wir machen jetzt die Aufnahme", entscheidet Gabriel.

„Also, Name, und wann gestorben?"

„Ich bin Fürstbischof Johann Philipp Franz von Schönborn zu Würzburg, gestorben am 18.8.1724."

Gabriel sieht ihn fragend an. „Würzburg .... Würzburg .... wo liegt das doch gleich wieder?"

Bevor der Fürstbischof antwortet, entrollt der Engel eine Deutschlandkarte und zeigt mit einem Zeigestock so ziemlich in die Mitte.

„Hier, Herr Erzengel."

Gabriel sieht kurz auf. „Ach, dahinten. Na schön."

Er taucht seine Feder ein und schreibt

„Achtzehnterachtersiebzehnhundertvierundzwanzig – Schönborn – Würzburg.

So. Womit willst du dich beschäftigen hier oben?"

Der Fürstbischof ist etwas verdattert. „Ich verstehe nicht ganz ..."

„Na, Harfe, Posaune oder Chor?"

„Harfe?... Posaune?..."

Gabriel erklärt etwas genervt.

„Das jüngste Gericht wird doch mit Posaunen angekündigt. Das müsstest du als Bischof eigentlich wissen! Also muss geübt werden, damit wir uns nicht blamieren, wenn es so weit ist. Weil aber Posaune nicht jedem liegt, kannst du auch Harfe spielen oder im Chor singen. Was nehmen wir?"

Etwas hilflos stottert der Fürstbischof:

„Ja also, dann eher singen."

„Schön, dann Chor. Morgen früh um zehn ist Probe, bitte pünktlich sein!"

Er wendet sich zum Engel

„Nimm ihn mit in die Kleiderkammer. Nachthemd und Flügel, beides Größe XXL."

Der Engel nimmt Haltung an.

Würzburg … wo liegt das doch gleich wieder?

„Zu Befehl, Herr Erzengel."

Der Engel hält die Tür auf, aber der Fürstbischof wendet sich noch mal um.

„Herr Erzengel ..."

Gabriel sieht ihn ungeduldig an. „Ist noch was?"

Der Fürstbischof dreht etwas verlegen seinen Hut in den Händen.

„Ja ... also ... eigentlich bin ich etwas zu früh hier oben."

„Was heißt zu früh?" Gabriel sieht ihn erstaunt an. „Als wir die Termine gemacht haben, ist für dich der heutige Tag eingetragen worden." Er hebt ein Buch hoch.

„Soll ich's dir zeigen?"

„Nein, nein, ich glaub's schon, nur ..."

Gabriel wird ungeduldig.

„Also was?"

Der Fürstbischof tritt entschlossen vor.

„Ich hatte noch eine große Sache vor in Würzburg. Wir haben da die alte Mainbrücke. Und die wollte ich mit Heiligen bestücken. Das kann ich nun nicht mehr."

„Heilige auf eine alte Brücke stellen?" Gabriel überlegt. „Keine schlechte Idee. Dann hätten die endlich mal was Vernünftiges zu tun."

Der Engel will seinen Chef erinnern.

„Aber, Herr Erzengel, in Prag, über die Moldau, da haben wir doch auch schon ..."

Gabriel unterbricht ihn. „Ja ja, schon gut!"

Er wendet sich zum Fürstbischof.

„An wie viele hattest du denn da gedacht?"

„An zwölf. Die zwölf Apostel nämlich. Ich dachte, das würde man hier oben zu schätzen wissen. Wenn Sie deshalb also meinem Nachfolger eine Eingebung zukommen lassen würden? Es müsste hier natürlich vermerkt werden, dass *ich* der Urheber dieser Idee bin."

Gabriel flüstert zum Engel: „Wieder einer, der möglichst schnell befördert werden will."

Er beruhigt den Fürstbischof.

„Ja, ja, wird vermerkt. Und jetzt zur Einkleidung. Beeilt euch, sonst ist dort geschlossen."

Der Fürstbischof und der Engel verlassen den Raum.

Gabriel sitzt nachdenklich an seinem Schreibtisch.

‚Die zwölf Apostel. Hm. Und ausgerechnet nach Würzburg. Nein, das können die mal machen, wenn eine Brücke über den Jordan gebaut wird. Da kennen sie sich wenigstens aus. Stammen ja aus der Gegend. Nein, für Würzburg müssen wir andere finden.'

Er geht zu der Karte.

‚Würzburg?! Liegt am Main. Ist da eine größere Siedlung in der Nähe?'

Er fährt mit dem Finger auf der Karte herum,

‚Schweinfurt – Aschaffenburg ... Na, ob in diese Gegend jemand von den Heiligen auf eine alte Brücke will?'

Eine Weile sucht er etwas in seinem Schreibtisch, als der Engel wieder hereinkommt.

„Gut, dass du kommst. Hol mir doch mal den Almanach mit den Heiligen."

Der Engel geht zu einem Regal und nimmt einen riesigen Folianten heraus.

„Bitte schön, Herr Erzengel."

Gabriel nimmt das schwere Buch.

„Na, wollen mal sehen."

Er schlägt die erste Seite auf und liest laut.

„Aaron-Abachum-Abban-Abbo-Abdas-Abel-Abellon..."

Er blättert um.

„Babilon-Bacchus-Bach-Badurad-Bakita-Balbina-Balderich..."

Abermals blättert er um.

„Cäcilia-Caecilius-Caedmon-Caesarius-Cafasso-Caius-Callistus…“

Dann blättert er schnell einen dicken Packen Seiten durch.

„Meine Güte. Das dauert ja bis zu meiner Pensionierung, bis ich die alle angeschaut habe. Sollten wir doch die Apostel nehmen? Nein, was sollen die denn in Würzburg?!“

Der Engel meldet sich wie in der Schule.

„Wenn ich mir eine Bemerkung erlauben dürfte, Herr Erzengel. Mir fällt da gerade etwas ein.“

Gabriel sieht auf. „Was denn? Sag nur.“

„Bei der letzten Weihnachtsfeier hat mir einer der Heiligen, ein gewisser Kilian, erzählt, dass er in Würzburg als Frankenapostel verehrt wird. Vielleicht wäre der geeignet.“

Gabriel überlegt. „Frankenapostel. Hm. Nicht schlecht. Hol mir den Kilian mal her.“

Der Engel verschwindet und kommt gleich darauf mit Kilian zurück.

Kilian, mit Mitra und Schwert, wie man ihn von der Brücke kennt, verbeugt sich.

„Herr Erzengel wollen mich sprechen?“

„Ja, mein lieber Kilian. Ähm … wie lange bist du eigentlich schon hier heroben bei uns?“

„Genau eintausendundsechsunddreißig Jahre, Herr Erzengel.“

Gabriel ist erstaunt. „Na, da hast du aber genau mitgezählt.“

„Ach, wissen Sie, Herr Erzengel, mich haben sie im Jahre sechshundertneunundachtzig in Würzburg geköpft, kurz nachdem ich aus Irland herübergekommen bin, das vergisst man nicht so schnell.“

„In Würzburg, sieh mal an. Ja, darüber wollte ich mit dir reden. Um es kurz zu machen, wir brauchen zwölf Heilige auf einer alten Mainbrücke in Würzburg und da hatte ich zunächst an dich gedacht."

Kilian ist offenbar sehr angetan.

„Darüber würde ich mich sehr freuen, Herr Erzengel, weil die Würzburger schon seit vielen Jahren ein Fest nach mir benannt haben, in aller Bescheidenheit, das Kiliani-Fest, wie sie es nennen."

„Na also, dann bist du dort ja kein Unbekannter mehr."

Er notiert auf einem Zettel.

„Also, K i l i a n. Fehlen noch elf. Vielen Dank erst mal."

Doch Kilian geht noch nicht.

„Wenn ich gleich anregen dürfte, zwei weitere Kollegen zu berufen? Meine beiden Leidensgenossen Totnan und Kolonat, die damals mit mir aus Irland gekommen waren und das gleiche Schicksal erleiden mussten."

Gabriel zögert nicht lange und wendet sich an den Engel.

„Hol mal Totnan und Kolonat."

Der Engel verschwindet.

„Man hat uns damals allen dreien ..." Kilian macht die Kopf-ab-Geste.

„Sie erinnern sich sicher an die Sache mit Gailana."

Gabriel überlegt kurz.

„Ja, so dunkel, jetzt, da du es sagst. Aber was meinst du, was in den letzten tausend Jahren auf der Welt los war: Kreuzzüge, Kriege, Mord und Totschlag und zwischendurch sind auch ein paar Leute eines natürlichen Todes gestorben. Die mussten alle registriert werden, da kann man sich nicht an jeden erinnern."

Der Engel erscheint, hinter ihm treten Totnan und Kolonat ein.

„Da haben wir ja die wackeren Iren", begrüßt Gabriel die beiden.

„Tja, meine Herren, ihr seid ja bereits heilig gesprochen, da gibt es keine weitere Beförderung. Trotzdem will ich euch eine besondere Auszeichnung zukommen lassen. Ihr sollt Brückenheilige werden."

„Brückenheilige? Toll!" Die Freude ist Totnan anzumerken. Auch Kolonat ist begeistert.

„Eine schöne Abwechslung, wo wir doch schon über tausend Jahre hier oben sind."

Gabriel freut sich mit. „Nicht wahr? In Würzburg."

Die Gesichter von Totnan und Kolonat fallen herunter

„In Würzburg?", ruft Totnan entsetzt.

Kolonat ist genauso bestürtzt.

„Ausgerechnet dort, wo sie uns einen Kopf kürzer gemacht haben. Hast *du* das vorgeschlagen, Bruder Kilian?"

Kilian ist etwas verlegen.

„Na ja, ich dachte mir, wir haben doch bisher immer alles gemeinsam gemacht, da könnten wir doch auch zu dritt mit anderen zusammen auf der Brücke stehen."

Doch seine beiden Leidensgenossen sind immer noch empört.

„Am Ende mit diesem Herzog Gozbert und seiner Frau, dieser Gailana", ruft Kolonat aufgebracht.

Gabriel will die beiden beruhigen.

„Mach mal langsam, Kolonat. Die Brücke wird mit Heiligen bestückt und so viel ich weiß ist Gailana nicht heilig gesprochen worden."

Aber Kolonat widerspricht.

„Man weiß ja nie. Ich hab' mich schon öfter gewundert, wer hier oben alles heilig gesprochen worden ist."

Der Engel meldet sich wieder.

„So viel ich weiß, Herr Erzengel, sitzt Gailana noch im Fegefeuer wegen der Sache mit diesen dreien da. Hier ist das Belegbuch."

Gabriel blättert im Fegefeuer-Belegbuch und zählt auf.

„A...B...C...D...E...F...G...ah, hier: Gailana. Ist im Jahre 704 zu 1300 Jahren verurteilt worden. Kommt also erst im Jahre 2004 aus dem Fegefeuer. Das ist noch lange hin."

Totnan ist offensichtlich erleichtert.

„Hoffentlich kriegt sie anschließend Sicherheitsverwahrung."

„Also, noch Einwände?" Gabriel sieht die beiden fragend an.

„Hm, na ja, na schön."

Gabriel taucht die Feder ein und schreibt ‚Totnan und Kolonat.'

„Drei hätten wir also. Danke, meine Herren, ich informiere euch dann, wann es los geht."

Die drei Frankenapostel gehen zur Tür.

Kilian dreht sich noch mal um.

„Gelobt sei Jesus Christus."

Gabriel, der schon wieder über seine Listen gebeugt sitzt, sieht kurz auf.

„Was? Äh, ja ja."

Der Engel antwortet Kilian. „In Ewigkeit, Amen."

Totnan und Kolonat sind schon fast draußen. „Wiedersehen."

Der Engel schüttelt den Kopf und schließt die Tür.

„Mal sehen, wen wir noch finden." Gabriel blättert wieder im Heiligen-Almanach und der Engel locht Akten und heftet sie ab. Ein heftiges Pochen an der Tür lässt die beiden zusammenfahren. Die Tür wird aufgerissen und Burkard stürmt herein.

Gabriel fährt auf. „Na, na, willst du die Tür aus den Angeln reißen?"

Burkard ist noch ganz außer Atem. „Verzeihung, Herr Erzengel, aber ich habe draußen die Iren getroffen und die haben mir erzählt, dass in Würzburg Brückenheilige gesucht werden, und da wollte ich fragen, ob …"

„Moment." Gabriel unterbricht den Redeschwall. „Wie heißt du?"

„Burkard."

Gabriel blättert im Almanach.

„Burkard … Burkard … ah ja, hier. Aber kleingeschrieben. Du bist gar kein Heiliger. Dann kannst du leider nicht …"

„Aber Herr Erzengel. Ich habe doch eine besondere Beziehung zu Würzburg. Ich stamme aus dem westlichen Südengland und gehörte zu den engsten Mitarbeitern meines Landsmannes Bonifatius. Sie wissen doch, der die Donar-Eiche umgehauen hat. War übrigens meine Idee damals. Und was die Heiligsprechung betrifft, das lässt sich doch sicher nachholen."

„Na freilich." Gabriel wird ironisch.

„Am einfachsten wäre es, jeden, der hier hoch kommt, automatisch heiligzusprechen.

Aber sag einmal, ich weiß gar nicht, ob das so gut ist, Engländer *und* Iren auf die Brücke zu stellen. Soviel ich weiß, haben deine Landsleute doch gerade Irland überfallen und lassen die Iren für sich arbeiten. Da ist doch der Streit zwischen euch schon abzusehen."

„Aber nein, Herr Erzengel." Burkard versucht, ihn zu beschwichtigen.

„Nun ja, gelegentlich ist in Diskussionen zwischen mir und Kilian ein wenig Unmut spürbar, weil er immer darauf hinweist, dass der Dom inzwischen nach ihm benannt ist und nach mir nur eine Kirche zu Füßen des Festungsberges. Dafür erkläre ich ihm, dass auch der heilige Patrick, der verehrte Schutzpatron der Iren, aus dem westlichen England stammt. Wenn die drei Iren mich ärgern, weise ich nebenbei darauf hin, dass ihre Landsleute einen Engländer verehren. Aber das ist alles ganz harmlos, Herr Erzengel."

Gabriel ist besänftigt.

„Also gut, wenn du sogar schon Bischof in Würzburg warst, will ich es nicht so genau nehmen, dass du nicht heiliggesprochen worden bist. Vielleicht wissen die Würzburger das ja auch gar nicht."

Er taucht seine Feder ein und schreibt: „Also, dann hätten wir bisher Kilian, Totnan, Kolonat und Burkard."

Burkard hat noch etwas auf dem Herzen.

„Wenn ich noch einen guten Bekannten von mir empfehlen darf, Herr Erzengel?"

„Nur zu, wen denn?"

„Sein Name ist Bruno. Wir sind seit ein paar Jahrhunderten gut befreundet. Ein sehr netter Kerl."

Gabriel macht eine abwehrende Handbewegung.

„Vetternwirtschaft mag ich eigentlich nicht so sehr. Aber lass mal sehen."

Er nimmt wieder den Heiligen-Almanach zur Hand und liest laut.

„Bruno … Bruno …"

Burkard unterbricht ihn.

„In diesem Buch, Herr Erzengel, ist er auch nur kleingeschrieben. Bruno ist genau wie ich nicht heiliggesprochen worden. War aber auch Bischof in Würzburg, bloß dreihundert Jahre später."

„Bruno … irgendwie kommt mir der Name bekannt vor." Gabriel überlegt.

„Wenn ich nur wüsste, woher."

Der Engel kommt ihm zu Hilfe.

„Hier, Herr Erzengel."

Er nimmt einen dicken Ordner heraus mit der Aufschrift „ANTRÄGE".

„Das ist doch der, der alle paar Jahre einen Antrag stellt, dass hier im Himmel ein Kaffeehaus eingerichtet werden soll, Herr Erzengel."

Burkard verbeißt sich ein Lachen.

„Ja, das ist typisch Bruno."

Gabriel befiehlt dem Engel, diesen Bruno doch mal zu holen.

Der Engel, der weiß, wo sich die Heiligen aufhalten, macht sich auf den Weg.

Burkard will seinem Freund beistehen.

„Sie müssen das verstehen, Herr Erzengel. Bruno ist Österreicher. Für ihn wäre das Paradies halt erst dann vollkommen, wenn er hier seine Melange trinken könnte."

„Ja, dann könnten wir aus dem Himmel gleich einen Jahrmarkt machen." Gabriel zeigt wenig Verständnis.

„Für die Österreicher ein Kaffeehaus, für die Iren ein Pub, die Ungarn würden sicher irgendwo Gulasch essen wollen, die Schweizer ihr Käse-Fondue und die Schotten heftig Whisky trinken, am Ende noch Dudelsack spielen. Dann könnten wir das ewige Leben gleich auf der Erde stattfinden lassen."

Der Engel erscheint mit Bruno, der ohne Begrüßung sofort zur Sache kommt.

„Sie haben mich rufen lassen, Herr Erzengel? Wird mein Antrag endlich befürwortet?"

„Nicht ganz. Aber ich hab' was ähnlich Schönes für dich. Du sollst Brückenheiliger werden."

„Ja, stell dir vor, Bruno, wir beide und noch ein paar andere. In Würzburg, auf der alten Mainbrücke.“ Burkard ist ganz begeistert.

Bruno ist ein wenig enttäuscht.

„Schade, ich dachte schon, ich soll heiliggesprochen werden. Da wäre Mama ganz stolz gewesen. Aber auf die Erde hinunter, das ist auch ganz schön.“

Zu Burkard gewandt sagt er:

„Ich hab noch nie Kaffee getrunken, aber meine Landsleute schwärmen doch so davon.“

Aber Gabriel hat mitgehört.

„Damit du dir keine falschen Hoffnungen machst: Für die Menschen seid ihr Figuren aus Stein. Die gehen nicht irgendwo hin Kaffee trinken. Aber damit es dir nicht gar zu schwer fällt, werden wir für dich ein Plätzchen finden, wo du den Leuten wenigstens bei Kaffeetrinken zuschauen kannst.“

„Vergelt's Gott, Herr Erzengel.“ Bruno ist zufrieden.

„Also, ihr wisst Bescheid. Und jetzt entschuldigt, ich hab' noch zu tun.“

Burkard und Bruno verabschieden sich.

„Gelobt sei …“

Der Engel winkt sie hinaus. „In Ewigkeit, Amen.“

Gabriel taucht wieder seine Feder ein und schreibt.

„Bruno. Jetzt hätten wir … eins ... zwei … drei … vier … fünf.

Noch einer, dann wäre schon mal eine Brückenseite voll. Fällt dir einer ein, der unbedingt Brückenheiliger werden will?“

Der Engel denkt kurz nach.

„Im Moment nicht, Herr Erzengel.“

Gabriel kaut auf seinem Federstiel.

„Eigentlich könnten wir zu den fünf Männern eine Frau nehmen. Sonst kommen wieder die Beschwerden, wir würden die Männer bevorzugen. Außerdem: nur Männer, das gibt ein zu großes Chaos."

Er blättert wieder im Almanach und plötzlich schaut er auf.

„Moment. Wenn wir irgendeine Frau nehmen, dann wird die von den Männern untergebuttert. Ich glaube, ich frag' mal bei Maria an. Bei der trauen sie sich keine Faxen zu machen, weil sie beste Beziehungen zur Chefetage hat."

Der Engel macht eine Verbeugung und steht schon an der Tür.

„Soll ich sie rufen, Herr Erzengel?"

„Hier geblieben! Wir können doch die Mutter vom Junior nicht einfach herbestellen wie einen gewöhnlichen Heiligen. Nein, da gehe ich selbst. Räum du inzwischen hier ein bisschen auf."

Gabriel streicht sein Hemd glatt, fährt sich durch die Haare und ordnet seine Flügel. Dann verlässt er den Raum. Der Engel räumt inzwischen auf und wischt Staub. Nicht lange danach öffnet Gabriel die Tür und lässt Maria eintreten.

„... und da dachte ich, verehrte Maria, es müsste unbedingt auch eine Frau auf die Brücke."

Maria nickt dem Engel zur Begrüßung zu.

„Das siehst du völlig richtig, mein lieber Gabriel, aber ich weiß gar nicht, wann ich das alles schaffen soll. Allein die täglichen Fürbitten zu sortieren und vorzutragen, kostet ja schon die meiste Zeit. Vielleicht kann das auf der Brücke doch jemand anderes machen."

Aber Gabriel lässt sich nicht abbringen.

„Ein großer Vorteil wäre natürlich, dass du in Würzburg als Patrona Franconiae verehrt wirst und dich die Leute dann ganz in der Nähe hätten."

„Das schon. Obwohl, wer regelmäßig zur Kirche geht, dem bin ich ja auch immer präsent.

„Auf der Brücke, das wär' halt was Besonderes. Da könnten dich die Kinder sogar anfassen. Du bist doch die Hauptrolle in jeder Weihnachtsaufführung."

Maria ist noch nicht überzeugt.

„Ich habe auch schon erlebt, dass man sich über Statuen von mir lustig gemacht hat.

Wegen meines Beinamens ‚Immaculata'."

Gabriel sieht sie fragend an.

„Immaculata? Das heißt doch ‚die Unbefleckte'."

„Eben. Und wenn es in der Nähe einer Marienstatue viele Tauben gibt, dann erregt das zuweilen Heiterkeit."

Der Engel lacht glucksend, Gabriel sieht ihn strafend an und räuspert sich.

„Also, darf ich dich notieren?"

„Ich muss noch mit meinem Mann reden. Wenn ich gehe, dann nur, wenn er auch mitkommt. Wir geben dir dann Bescheid."

Gabriel bringt Maria zur Tür.

„Dann viele Grüße an Josef."

Gabriel wartet, bis Maria mit ihrem großen, himmelblauen Mantel den Raum verlassen hatte, schließt die Tür und nimmt die Feder.

„Ich gehe mal davon aus, dass sie zusagt. Damit wäre mindestens die Südseite der Brücke schon mal besetzt."

Er wirft einen Blick auf seine Taschenuhr.

„So, Feierabend für heute. Komm."

Gabriel nimmt einen riesigen Schlüssel heraus, geht zur Tür. Im Hinausgehen dreht der Engel das Licht ab. Man hört das Schließen im Schloss.

Nächtliche Begebenheit

Der Abend war inzwischen vergangen und die Turmuhr hatte gerade eins geschlagen. Durch die Südseite ging ein Recken und Strecken. Und schon war Totnan von seinem Sockel heruntergesprungen. Er tat das immer mit einem gewaltigen Satz, schließlich musste er seinen Mitbewohnern auf der Brücke zeigen, dass er der jüngste war. Die anderen stiegen bedächtig herunter und Burkard reichte als echter Gentleman der einzigen Dame die Hand. Das war auch gut so, denn schon mehrmals war Maria über den Drachen zu ihren Füßen gestolpert. Die Gruppe traf sich in der Brückenmitte. Bruno lehnte sich über das Geländer.

„Schaut euch mal die Brühe da unten an."

Der neben ihm stehende Burkard sah auf den nächtlichen Main.

„Ja, schwarz wie die Nacht."

Auch Kolonat beugte sich über das Geländer.

„Nein, schwarz wie Guinness", seufzte er wehmütig. „Ich hab' Heimweh!"

Sofort konterte Burkard:

„Mann, Guinness wird doch erst seit 1759 gebraut, da warst du doch schon lange tot."

Das wusste auch Kolonat und bedauernd sagte er: „Ja, leider. Aber bei unseren Fortbildungsveranstaltungen", wobei er mit dem Finger in die Nachtwolken deutete, „sehe ich von oben die leuchtenden Augen und die verklärten Gesichter meiner Landsleute, wenn sie Guiness trinken. Muss ein göttliches Gebräu sein."

Kilian, der in der Nähe stand, räusperte sich.

„Oh Verzeihung“, entfuhr es Kolonat, der die Zurechtweisung verstanden hatte.

Totnan teilte Kolonats Begeisterung.

„Hätten sie wirklich schon früher erfinden können, als wir noch dort waren.“

Kolonat nickte.

„Dann wären wir wahrscheinlich nie aus Irland weggegangen. Und die Würzburger wären heute noch nicht zivilisiert, sondern würden immer noch in den Wäldern Bären jagen und Donar, Wodan, Freyja und Frigg Opfer bringen.“

Totnan gab ihm recht.

„Genau! Wir haben sie bekehrt, und was war der Dank? Erschlagen haben sie uns.“

Die ganze Zeit hatte Burkard nur auf eine Gelegenheit gewartet, die beiden ein wenig zu ärgern. Jetzt gab er seine Kenntnis der Weltpolitik zum Besten:

„Was musstet ihr auch in der Welt herumziehen und euch überall einmischen? Jetzt wird mir auch klar, warum das die Amis heutzutage immer machen. Die stammen ja zum größten Teil von Iren ab. Die Welt zu bekehren, scheint bei euch im Blut zu liegen.“

Kilian hielt es für angebracht einzuschreiten. Schließlich war er es, der seinerzeit die Idee hatte, die Würzburger auf den rechten Weg zu führen.

„Jetzt muss ich aber sehr bitten. Ich brauche mir solche unflätigen Reden nicht anzuhören. Immerhin ist nach mir der Dom benannt. Und nach Ihnen nur eine Kirche, Herr Burkard.“

Kolonat sprang seinem Landsmann bei.

„Nicht nur der Dom, auch das größte Volksfest.“ Leise fügte er zu Totnan hinzu:

„Leider heißt es nicht Kolonati oder Totnani. Stimmt’s, Totti?“

Und schon war Totnan von seinem Sockel herabgesprungen.

Totnan grinste.

„Ja, leider."

Bruno, der die ganze Diskussion vergnügt mit angehört hatte, wollte auch seinen Teil dazu beitragen.

„Es heißt nun mal Kiliani. Ehre, wem Ehre gebührt, Herr Kilian."

Und dann setzte er ganz scheinheilig hinzu:

„Sind Sie nicht auch der Schutzpatron der Betrunkenen? Würde doch zu einem irischen Heiligen gut passen."

Maria, Burkard und Bruno wieherten vor Lachen, als sie Kilians dummes Gesicht sahen.

Kilian war beleidigt.

„Mit Ihnen rede ich nicht mehr, Herr Bruno."

Maria entschuldigte sich bei Kilian, dass sie mitgelacht hatte. Tatsächlich gelang es ihr, ihn zu besänftigen.

Na, jedenfalls fing die Nacht schon sehr gut an. Man hatte eine Weile in der üblichen Rollenverteilung vor sich hin gescherzt, als Kilian plötzlich zur Ruhe gemahnte. Die anderen lauschten. Tatsächlich war aus Richtung Augustinerstraße ein Geräusch zu hören. Es klang wie lallender Gesang. Wer konnte das sein? Offensichtlich ein Spätheimkehrer, der nach Schließen der Lokale in der Sanderstraße erst noch seine Kneipenschönheit nach Hause bringen musste und sich deshalb bis weit nach ein Uhr verspätet hatte. Jetzt stieg der Geräuschpegel an, der Heimkehrer musste sich bereits am Vierröhrenbrunnen befinden. Es war auch nicht genau auszumachen, ob der Mann zu singen versuchte oder laut vor sich hin schimpfte. Jedenfalls war die Gruppe alarmiert, und auf Kilians Anordnung

„Bitte alle zurück auf die Plätze!"

begab sich jeder, springend oder bedächtig hochsteigend - je nach Würde – auf seinen Sockel. Keine Minute zu früh, denn schon hatte der Mann die Brückenauffahrt betreten. Er wankte die Rampe hoch und blieb ausgerechnet vor Totnan stehen. Ob er nun den heiligen Totnan besonders verehrte oder der Meinung war, einen anderen Nachtschwärmer getroffen zu haben, bleibt sein Geheimnis. Er hatte jedenfalls das Bedürfnis, jemanden an seinem Kummer teilhaben zu lassen. Wie man seinem lallenden, gestenreichen Vortrag entnehmen konnte, hatte er tatsächlich eine Kneipenschönheit nach Hause begleitet in der Hoffnung auf ein nun folgendes zärtliches Beisammensein. Diese Vorfreude wurde aber jäh zunichte gemacht, indem die Holde ihm ohne weitere Abschiedszeremonie schnöde die Haustüre vor der Nase zuschlug. Der um die Freuden einer Nacht Betrogene zog eine Flasche Schnaps aus der Tasche, mit der er sich trösten wollte und setzte sich nun zu Füßen Totnans nieder. Er öffnete sie, nahm einen kräftigen Schluck und setzte sein Lamento fort, wobei er hin und wieder eine Frage an seinen vermeintlichen Gesprächspartner richtete. Totnan, der ja nun in diesen Dingen völlig unerfahren war und sich außerdem ja auch gar nicht hätte äußern dürfen, wurde von dem Verschmähten nach einiger Zeit mit einer abfälligen Handbewegung bedacht. Dann setzte der Mann seinen Weg über die Brücke fort, bis sein Schimpfen im Mainviertel verhallte. Jetzt war die Luft wieder rein und die Brückenheiligen konnten ihre Sockel wieder verlassen. Wie vorher war Totnan mit einem Satz heruntergesprungen. Jetzt stand er da und stutzte. Wo eben noch der Betrunkene gesessen hatte, stand eine fast volle Flasche Schnaps. Totnan sah sich um. Die anderen kletterten noch bedächtig von ihren Sockeln, Kilian plauderte gerade mit Maria. Die Gelegenheit war günstig. Noch nie hatte er ein berauschendes Getränk gekostet, weder seit seiner Ankunft in Würzburg, und das war ja nun auch schon wieder eintausenddreihundert Jahre her, noch in seiner Heimat. Er hatte die Germanen Met trinken sehen, deren Nachfahren

Wein oder Branntwein aller Art oder später dann Bier, aber selbst probiert hatte er ein solches Getränk noch nie. Schnell nahm er die Flasche, schraubte den Verschluss auf und nahm einen Schluck. Ihm stockte der Atem. So musste es Gefolterten zumute gewesen sein, wenn sie von den Henkersknechten gezwungen wurden, flüssiges Blei zu trinken. Schon wollte er die Flasche über das Geländer in den Main werfen, als der Schmerz nachließ und sich in seinem Magen eine nie gekannte, wohlige Wärme ausbreitete. Auch schmeckte der zweite Schluck schon bedeutend besser als der erste und das brennende Kratzen im Hals war verschwunden. Schnell ließ er einen dritten Schluck folgen, verschloss die Flasche und stellte sie hinter seinen Sockel. Die anderen durften von dem Schnaps nichts merken. Seinem Spezi Kolonat hätte er ja noch einen Schluck gegönnt, aber Kilian wäre sicher empört gewesen und hätte womöglich das kostbare Nass in den Main gegossen. Dass der Engländer Burkard nichts bekam, war ohnehin klar. Bei Bruno war Totnan zurückhaltend, denn er verstand oft dessen Humor nicht. Blieb also nur noch Maria, die aber seiner Meinung nach ohnehin abgelehnt hätte. Damen trinken keinen Schnaps, und wenn, dann nur heimlich.

Der um die Freuden der Nacht Betrogene zog eine Flasche Schnaps aus der Tasche

Die Bewohner der Nordseite

Wir haben uns bisher nur mit den Südseitlern befasst, weil sie in dieser Nacht von ihren Sockeln steigen durften. Nun wollen wir auch einmal die Nordseite näher betrachten.

Wieder betreten wir die Brücke von der Stadt aus und begegnen als Erstem auf der Nordseite Pippin.

Er ist kein Heiliger, sondern kam aus Dankbarkeit auf die Brücke, weil er dem 742 von Bonifatius gegründeten Bistum Würzburg finanziell auf die Beine geholfen hatte.

Er war seinerzeit Hausmeier beim Merowingerkönig Childerich III, der politisch als Schwächling galt. Pippin, der eine Brieffreundschaft mit Papst Zacharias unterhielt, schickte mit dessen Hilfe Childerich in ein Kloster, ließ sich vom fränkischen Adel zum König wählen und von Bonifatius zum selben salben. Im Prinzip also das gleiche Verfahren wie bei einem konstruktiven Misstrauensvotum im Bundestag. Nur dass damals die Karolingerkönige nicht alle vier Jahre neu gewählt wurden. Dafür werden die heutigen Bundeskanzler auch nicht mehr gesalbt.

Wie es unter Freunden üblich ist, dass nämlich eine Hand die andere wäscht, sprang Pippin dem Papst gegen die Langobarden bei, die sich erdreistet hatten, seiner Heiligkeit Byzanz abjagen zu wollen. Als Gegenleistung wiederholte der Papst die Königssalbung und verlieh Pippin den Titel „Patricius Romanorum“, zu deutsch Schutzherr der Römer. Böse Zungen behaupten, dass damit die Aufsicht über die Weingläser gemeint war, aber das ist historisch nicht belegt, obwohl das ein einleuchtender Grund gewesen wäre, ihn in Würzburg zu platzieren.

Wie alle Brückenheiligen wird auch Pippin, der gar kein Heiliger ist, oft fotografiert. Normalerweise freut er sich darüber, wie man an der fotogenen Pose der Figur erkennen kann. Nur wenn Amerikaner kommen, die er sofort an den Hawaii-Hemden, dem Kaugummi und den kurzen Stoppelhaaren erkennt, wird er etwas grantig. Die hatten ihn nämlich am 2. April 1945 in den Main gestürzt, um Platz für ein Geschütz zu machen. In den Main gestürzt! Ihn, den Karolingerkönig! Aber weil bei gemeißelten Brückenstatuen die Wiedergeburt leichter ist als bei Normalsterblichen, steht er seit 1968 wieder auf seinem Sockel, als Sandstein-Reinkarnation.

Die nächste Figur, also das direkte Gegenüber von Kilian, ist der heilige Friedrich. Er kam wegen seines Namens auf die Brücke. Als Namenspatron des Fürstbischofs Friedrich Karl von Schönborn, der die Nordseite der alten Mainbrücke mit Heiligenfiguren bestückte. Friedrich war Bischof von Utrecht, also ein Holländer. Zu Utrecht hat Würzburg eine besondere Beziehung, denn der wohl berühmteste Würzburger Bürger, Wilhelm Konrad Röntgen, wurde in Utrecht von 1861 bis 1863 in den Fächern Trigonometrie, Stereometrie, Darstellende Geometrie, Algebra, Experimentalphysik, Chemie und Technologie unterrichtet.

Friedrich hatte sich Verdienste um die Missionstätigkeit in seiner Heimat Friesland erworben, wo Normannenüberfälle das noch wenig gefestigte Christentum in Gefahr gebracht hatten. Er denkt noch heute an die Wikinger, diese wilden Gesellen mit ihren gehörnten Helmen in ihren Schiffen mit den großen rot-weißen Segeln. Besonderes Vergnügen bereitet es ihm, wenn er in den Nächten, in denen die Nordseite dran ist, von seinem Sockel steigt und ein Exemplar der „MAIN-POST“ findet, das jemand auf der Brücke vergessen hat. Dann schlägt er die Geschichte von Hägar, dem

Schrecklichen auf und zeigt sie seinen Mitbewohnern mit den Worten: „Ja, ja, so war das damals."

Er kämpfte aber nicht nur gegen Hägar und dessen Freunde, sondern ergriff auch bei Streitigkeiten die Partei der Söhne von Ludwig dem Frommen aus dessen erster Ehe. Das brachte ihm den Zorn der Kaiserin Judith, Ludwigs zweiter Frau, ein. Sie ließ ihn mit dem Schwert ermorden. Auf der alten Mainbrücke befindet sich Friedrich mit diesem Schicksal in bester Gesellschaft, und deshalb ergreift er auch manchmal Partei für die drei Iren, die auch Bekanntschaft mit dem Schwert gemacht haben, wie wir bereits wissen.

Auf Friedrich folgt die Figur des heiligen Josef. Er steht seiner Frau Maria direkt gegenüber. Also besteht wenigstens Blickkontakt. Bei ihm ist sein Sohn Jesus, der als Brückenfigur noch zu klein ist, um auf einem eigenen Sockel zu stehen. Josef wird als der Nährvater des kleinen Jesus bezeichnet. Nährvater wegen der unbefleckten Empfängnis. Der katholische Teil der Würzburger Bevölkerung weiß Bescheid. Laut gewordene Grübeleien darüber hat ja auch schon einige Theologen den Job gekostet.

Josef hätte sich gewünscht, dass die alte Mainbrücke aus Holz gebaut geworden wäre. Dann hätte er seinem Sohn erklären können, was die Erbauer alles falsch gemacht haben. Als Zimmermann hat man schließlich einen Blick für so etwas.

Kann die heilige Familie schon nicht auf der gleichen Brückenseite stehen, so gibt es doch eine immer wiederkehrende Verbindung.

Josef und Maria nämlich werden besonders gerne von den Tauben heimgesucht und das hat eine besondere Bewandtnis.

Die Eltern von Maria waren der heilige Joachim und die heilige Anna. Deren Kinderlosigkeit wurde seinerzeit als Schande angesehen. Joachim gedachte diesem Missstand durch ein Altaropfer abzuhelfen. Er wollte Tauben opfern. Dieses Opfer wurde aber vom Hohepriester wegen des großen Altersunterschiedes des Paares zurückgewiesen. Auf Fürsprache eines Engels bekamen sie dann trotz ihres Alters doch noch Maria.

Auch Josef war schon ein Greis, als er um die Hand Marias anhielt. Er wird oft dargestellt mit Wanderstab, Sack und Feldflasche, den Esel führend. Dabei trägt er das Körbchen mit den Opfertauben zur Darbringung im Tempel.

Offenbar fürchten die Tauben nun, dass so etwas Schule macht und das Opfern ihresgleichen von älteren Herren als probates Mittel angesehen wird, die Gunst junger Damen zu erringen.

Deshalb werden die Brückenfiguren Josef und Maria von den Tauben etwas mehr mit Rückständen bedacht als die anderen Figuren, was zu eingangs erwähntem harmlosen Späßchen über die Verbindung des Beinamens Immaculata mit eben jenen Tauben führt.

Beim weiteren Gang über die Brücke kommt man nun zum heiligen Nepomuk. Er ist der Brückenheilige schlechthin. Das liegt daran, dass eine sehr bekannte Brücke, nämlich die Karlsbrücke in Prag, zu seinem Schicksal geworden ist. Er war seinerzeit Generalvikar des Erzbischofs von Prag. Von der Karlsbrücke ist er, so will es die Sage, an Händen und Füßen gefesselt von König Wenzel in die Moldau gestoßen worden. Dieser König Wenzel hatte der ehelichen Treue seiner Gattin, der Königin Johanna, misstraut, weil sie so oft zur Beichte ging. Was sollte der arme Wenzel machen? Detektive gab es damals im Prag des Jahres 1393 noch nicht, die hätten herausfinden können, welchen Lustbarkeiten sich seine Frau in seiner Abwesenheit hinzugeben pflegte. Also verlangte er von Nepomuk schlicht die Preisgabe des ihm anvertrauten Beichtgeheimnisses. Nepomuk verweigerte beharrlich jegli-

Dann schlägt er die Geschichte von Hägar, dem Schrecklichen auf

che Auskunft, was den erwähnten Sturz in die Moldau zur Folge hatte. Pippin verweist hin und wieder darauf, dass auch er in den Fluss gestürzt worden sei, aber das lässt Nepomuk nicht so recht gelten. Immerhin wurde er lebend von der Brücke geworfen und ist jämmerlich ertrunken, während es bei Pippin nur die Steinfigur war und das Original friedlich im Bett gestorben ist.

Neben seiner Funktion als Brückenheiliger ist Nepomuk auch noch der Schutzpatron der Beichtväter. Es ist leicht verständlich, dass auch Beichtväter einen Beistand brauchen, wenn man sich vorstellt, was sie sich in unserer lasterhaften Welt alles anhören müssen.

Als vorletzte Figur auf der Nordseite steht der heilige Karl Borromäus. Er ist der Intellektuelle auf der Brücke. Mit sechzehn ging er an die Universität zu Pavia und war schon mit einundzwanzig Doktor beider Rechte, also des weltlichen und des kirchlichen Rechts. Bereits im Alter von fünfundzwanzig Jahren war er Erzbischof und Kardinal von Mailand. Man sieht, wie schnell man eine gründliche Ausbildung machen kann, wenn einen weder das andere Geschlecht noch Fernsehen, Kino oder Diskotheken ablenken. Auch stammte er aus einer vermögenden adeligen Familie, sodass er nicht auf die Unterstützung einer Hochbegabtenförderung angewiesen war. Er ist unter anderem der Patron des Borromäusvereines, das ist die katholische Haus- und Volksbücherei-Organisation. Wenn es nach ihm ginge, hätten nicht nur Totnan und Bruno ein Buch in der Hand, sondern alle Brückenheiligen würden sich die langen Tage mit dem Lesen von Büchern verkürzen, die er ihnen ausleihen könnte. Aber zwölf Brückenfiguren mit je einem Buch in der Hand, das gäbe doch ein sehr sonderbares Bild.

Last but not least steht Karl der Große. Er war fränkischer König und römisch-deutscher Kaiser. Besonders sächsische

Touristen betrachten ihn mit gemischten Gefühlen, weil Karl ihre Vorfahren in einem langen und harten Krieg unterworfen und zwangsweise christianisiert hat. Er gilt neben Bonifatius als der entscheidende Mitbegründer des christlichen Abendlandes. Sein Kaiserkollege, Friedrich Barbarossa, ließ ihn durch Gegenpapst Paschalis III. heiligsprechen, was aber durch Papst Alexander III. nicht gebilligt wurde. Offenbar konnten die Herren Päpste sich nicht auf ein gemeinsames Vorgehen einigen. Wahrscheinlich war dem echten Papst zu Ohren gekommen, dass Karl neben seinen neun Kindern aus vier legalen Ehen ebenso viele Kinder mit Nebenfrauen hatte. Eine Tatsache, die heutzutage einen hochrangigen Politiker nicht mehr unbedingt aus dem Sessel heben würde. Aber bei denen ist ja bis jetzt auch keine Heiligsprechung vorgesehen.

Zwölf Brückenfiguren mit je einem Buch in der Hand, das gäbe doch ein sehr sonderbares Bild

Das Casting der Nordseite

Heute Nacht dürfen zwar nur die Südseitler ihre Sockel verlassen, aber wir wollen uns wieder erst einmal ansehen, wie auch die Heiligen auf der Nordseite zu der Ehre kamen, die alte Mainbrücke zu bereichern. Wir begeben uns dazu wieder in den Himmel, und zwar im Jahre siebzehnhundertneunundzwanzig, also vier Jahre später.

Der Erzengel Gabriel sitzt an seinem Schreibtisch und zieht seine Taschenuhr auf, während der Engel Aktendeckel beschriftet.

„Was steht auf dem Plan heute?“, fragt Gabriel und klappt den Uhrendeckel zu.

Der Engel sieht auf dem Dienstplan nach.

„Die Nordseite der alten Mainbrücke in Würzburg muss noch besetzt werden, Herr Erzengel.“

„Ja, stimmt. Also, einen hätten wir schon. Maria hatte ja darauf bestanden, dass Josef auch mit auf die Brücke kommt. Hatten wir den Josef eigentlich schon gefragt?“

Der Engel blättert in einem Ordner und hält einen Zettel hoch.

„Jawohl, Einverständniserklärung liegt vor.“

„Gut. Dann geben wir auch den kleinen Jesus mit, dann ist die Familie komplett.

Vermerke mal, dass Maria und Josef sich auf der Brücke direkt gegenüber stehen, sonst gibt es so ein Geschrei, wenn die sich unterhalten wollen.“

Er nimmt den Heiligen-Almanach zur Hand.

„So, wollen mal sehen, wen wir noch nehmen.“

„Ich habe mir erlaubt, einen Aushang am schwarzen Brett zu machen, Herr Erzengel.

Interessierte möchten sich heute hier melden.“

Gabriel nickt zufrieden.

„Gute Idee. Dann brauche ich vielleicht diesen Wälzer hier nicht durchzublättern.“

Es klopft laut und deutlich.

„Herein!“, lässt Gabriel nicht minder laut vernehmen.

Karl der Große betritt gemessenen Schrittes mit Reichsapfel und Zepter das Büro und pflanzt sich mitten im Raum auf.

„Es spricht sich im Himmel herum, dass in Würzburg Brückenheilige zu besetzen sind. Es soll da einen Aushang geben. Ich habe eine besondere Beziehung zu Würzburg und deshalb wollte ich …“

Gabriel unterbricht ihn.

„Erst mal: Gelobt sei Jesus Christus.“

Karl stutzt einen Moment und nuschelt dann

„Ewig … amen.“ Dann erhebt er wieder die Stimme.

„Also, wie gesagt, ich….“

Wieder unterbricht ihn Gabriel.

„Name?“

Karl hält den Reichsapfel hoch.

„Kennen Sie mich nicht?“

Gabriel gibt sich unbeeindruckt und fragt unterkühlt.

„Hat es heute Obst zum Nachtisch gegeben?“

Die Empörung ist Karl anzumerken.

„Ich bin Karl der Große, römisch-deutscher Kaiser. Und das hier ist kein Nachtisch, sondern der Reichsapfel, zusammen mit dem Zepter hier die Insignien meiner Macht.“

Das hier ist kein Nachtisch, sondern der Reichsapfel!

Gabriel bleibt weiter gelassen.

„Ich kenne mich mit eurem weltlichen Spielzeug nicht so aus."

„Außerdem bin ich heiliggesprochen worden", fährt Karl fort.

Gabriel blättert im Almanach, bis er unter dem Buchstaben K gefunden hat, was er sucht.

„Schon, aber nur von einem Gegenpapst. Das entspricht nicht ganz den Vorschriften."

„Ach was, heilig ist heilig", sagt Karl ärgerlich.

Aber Gabriel lässt nicht locker.

„Dein Lebenswandel lässt sehr zu wünschen übrig. Hier steht, du hattest neun Kinder aus vier legalen Ehen und genau so viele mit Nebenfrauen. Für einen Heiligen bist du aber den weltlichen Genüssen ein bisschen zu viel zugetan."

„Na und? Ich habe mich eben nicht nur bemüht, die Sachsen zum Christentum zu bekehren, sondern habe auch noch persönlich für die Vermehrung der Christen gesorgt. Oder meinen Sie, das hätte mir Spaß gemacht? Daraus kann man mir keinen Strick drehen."

Mit hilfloser Geste flüstert Gabriel dem Engel zu.

„Der gibt nie auf."

Er wendet sich zu Karl:

„Also gut. Dann hätten wir zwei auf der Nordseite. Josef und dich."

„Drei!" Karl hält drei Finger hoch.

„Wie bitte?"

„Ich sagte: *drei!*"

Jetzt ist Gabriel völlig verdutzt.

„Ich weiß ja nicht, ob ein römisch-deutscher Kaiser zählen können muss, aber Josef und du, das macht zwei."

„Der dritte ist mein Vater, Pippin mit Namen."

Gabriel blättert wieder im Almanach.

„Pippin … Pippin … ah ja, hier, Pippin der Ältere."

„Nein, den meine ich nicht. Mein Vater ist Pippin der Jüngere, hundert Jahre später."

Gabriel blättert zwei Seiten vor und zurück.

„Der ist hier aber gar nicht verzeichnet. Hier kann nicht jeder einfach seine Verwandtschaft mitbringen."

„Erstens ist mein Vater ein alter Herr, auf den ich ein wenig achten muss," wirft Karl herablassend ein, „und zweitens hat er als Karolingerkönig dem damals jungen Bistum Würzburg finanziell auf die Beine geholfen, sonst hätten die ihren Laden gleich wieder zumachen können. Einem Sponsor ein bisschen Dankbarkeit zu zeigen ist ja wohl nicht zu viel verlangt."

Gabriel wendet sich wieder zum Engel.

„Was habe ich gesagt: Der gibt nie auf."

Er nimmt Zettel und Schreibfeder.

„Also gut. Du kannst deinen Vater mitnehmen. Jetzt willst du aber nicht noch mehr aus deiner Verwandtschaft, oder?"

Karl schüttelt sein kaiserliches Haupt.

„Nein, aber für die drei noch freien Plätze könnten wir doch noch Damen nehmen, dann wird es nicht so langweilig."

„Das könnte dir so passen. Wir wollen da unten keine römische Orgie veranstalten. Außerdem haben sie in Würzburg schon jede Menge Frauen als Hexen verbrannt und noch immer nicht mit diesem Unsinn aufgehört, da werden wir wohl keine Frau finden, die da hinwill. Also, du kannst deinem Vater dann Bescheid sagen."

Karl macht schwungvoll kehrt, der Engel reißt die Tür auf.

„Wir hören dann von Ihnen", sagt er und ist draußen.

Gabriel will noch „Gelobt sei...." sagen, da fällt die Tür schon ins Schloss.

„Der kommt sich wohl immer noch als Kaiser vor."

Er nimmt seine Feder, schreibt und liest dann vor.

„Josef mit Jesus, Carolus Magnus und Pippin."

Dann denkt er eine Weile nach und wendet sich wieder an den Engel.

„Fällt dir noch jemand ein?"

Der Engel zögert nicht lange.

„Na ja, *der* Brückenheilige schlechthin. Johann von Nepomuk. Soll ich ihn mal herholen?"

„Mach das. Damit wir mal zu Ende kommen."

Während der Engel unterwegs ist, um Nepomuk zu holen, blättert Gabriel wieder im Almanach.

„K...L...M...N – Nanu, kein Nepomuk? Das gibt es doch nicht. Der ist doch heilig gesprochen worden."

Er sucht noch ein wenig hin und her. Der Engel erscheint mit Nepomuk.

Der verbeugt sich. „Gelobt sei Jesus Christus."

Gabriel sieht auf. „In Ewigkeit, Amen."

„Sie ham mich herrich rufen lassen, Herr Erzengel?" Nepomuk kann seinen böhmischen Dialekt nicht verleugnen.

Gabriel muss ein Lachen unterdrücken.

„Ja, ich wollte dich fragen, ob....Aber sag mal, du bist doch heiliggesprochen worden?"

„Melde gehorsamst, dass ja, Herr Erzengel."

„Komisch. Ich finde dich aber nicht im Heiligen-Almanach."

„Da missens herrich bei Jot wie Johann nachschauen, Herr Erzengel."

Gabriel schlägt den Buchstaben J auf.

„Bei Jot? Ah, da ist er ja." Er liest laut vor.

„Dreizehnhundertdreiundneunzig in Prag mit Pechfackeln gebrannt, durch die Straßen geschleift, von der Karlsbrücke gestoßen und in der Moldau ertränkt."

Nepomuk macht ein leidendes Gesicht.

„Erinnern's mich nicht daran, bitte scheen. Wegen der Pechfackeln mach ich heite noch an großen Bogen um alle Kerzen, und da gibt's ja herrich genug davon hier im Himmel.

Und zum Glick kennen wir alle fliegen da heroben und brauchen keine Bricken im Himmel, sonst mechten's mich wieder 'runterstoßen. Ich geb schon immer Acht, Herr Erzengel, dass ich dem Wenzel nicht begegnen tu."

„Na ja, aber man muss doch auch vergeben können, Nepomuk, schließlich sind wir hier im Himmel."

„Das schon, Herr Erzengel. Aber wenn's Ihnen amal die Wadeln anbrennen mechten, das is keine Hetz, sag ich Ihnen, dann würden's …"

Gabriel unterbricht ihn.

„Eigentlich wollte ich dich fragen, ob du nicht als Brückenheiliger auf einer Brücke stehen willst."

Nepomuk kratzt sich am Kopf.

„Schon wieder? Immerzu auf Bricken, Herr Erzengel, wo ich herrich immer an mein seliges End' erinnert wer. Aber weil Sie es sind, Herr Erzengel, mecht ich mich herrich hinaufstellen. Wo solls denn sein?"

„In Würzburg, auf der alten Mainbrücke."

„In Wirzburg?" Nepomuk ist erschrocken.

„Melde gehorsamst, Herr Erzengel, da mecht ich nicht hin. Dort hams den Rathaussaal nach dem Wenzel benannt, der mich herrich hat in die Moldau werfen lassen."

Gabriel versucht, ihn zu besänftigen.

„Aber Nepomuk! Immer und überall werden Straßen, Plätze und Gebäude nach Leuten benannt, die anderen nicht passen. Du brauchst ja nicht hinzugehen in den Wenzelsaal. Dort palavern doch meistens nur die Ratsherren und fassen die seltsamsten Beschlüsse. Du darfst auch jemanden mitnehmen nach Würzburg."

„No, wenn ich einen mitnehmen darf, dann mecht ich herrich gehen, Herr Erzengel. Dann mecht ich meinen Märtyrerfreund, den Bischof Friedrich mitnehmen. Wir geh'n immer zusammen nachtmahlen."

Wieder mal zieht Gabriel den Almanach zu Rate.

„Hier gibt es mehrere Friedriche. Welcher ist es denn?"

„Der von Utrecht, Herr Erzengel. Den ham's herrich während einer Messe ermordet. Denkens Ihnen, nicht amal in einer Kirch is man sicher."

Gabriel klappt den Almanach zu.

„Na schön, sag dem Friedrich Bescheid."

„Danke ergebenst, Herr Erzengel."

Nepomuk macht an der Tür einen Bückling und verschwindet.

Gabriel nimmt die Feder, schreibt und liest wieder vor.

„Josef mit Jesus, Carolus Magnus, Pippin, Nepomuk und Friedrich. Fehlt noch einer."

Wieder klopft es. Ohne dass jemand „Herein" sagt, fliegt die Tür auf und ein italienischer Offizier tritt ein, salutiert.

Jetzt erst sagt Gabriel „Herein."

Der Offizier schlägt die Hacken zusammen.

„Capitano Borromäus, Herr Erzengel. Komme wegen des Aushanges. Brückenheilige. Wissen schon."

Gabriel mustert den Offizier von oben bis unten.

„Ich wusste gar nicht, dass auch Offiziere heiliggesprochen werden."

Der Offizier lacht kurz und militärisch.

„Werden auch nicht, werden auch nicht. Komme wegen meines Sohnes, dem Carlo."

Gabriel ist belustigt.

„Aha, Carlo kann nicht lesen, vermute ich."

„Belieben zu scherzen, Herr Erzengel. Gebe zu, Carlo ist etwas aus der Art geschlagen. Sonst alles Offiziere, Bankiers und Politiker in unserer Familie. Carlo hat studiert, kirchliches", er hebt bedeutungsvoll den Zeigefinger, *„und* weltliches Recht."

„Moment." Gabriel schlägt den Almanach unter B auf.

„Ah hier: Karl Borromäus. War schon mit einundzwanzig Doktor beider Rechte, mit fünfundzwanzig Erzbischof und Kardinal von Mailand. Respekt!"

Der Offizier schlägt wieder die Hacken zusammen.

„Hätte es leicht zum General bringen können."

Gabriel ist verwundert. „Warum kommt er denn nicht selbst, wenn er lesen kann?"

„Sitzt nur über seinen Büchern, Herr Erzengel. Nimmt nicht mal am wöchentlichen Exerzieren teil."

„Exerzieren? Wo? Hier im Himmel?"

Stolz wölbt der Offizier die Brust vor.

„Jawohl, Herr Erzengel. Exerzieren unter meinem Kommando. Alles verdiente Krieger. Die größten Feldherren der Weltgeschichte. Wenn Herr Erzengel bei Gelegenheit auch mal ..."

„Danke, nein. Im Himmel Krieg spielen, das fehlte noch. Aber solange ihr nicht mit Kanonen spielt, soll's mir egal sein. Also, Meldung an den Herrn Sohn: Wenn er will, kann er Brückenheiliger werden."

Der Offizier salutiert und klappt die Hacken.

„Melde mich ab, Herr Erzengel."

Mit militärischem Schritt marschiert er zur Tür hinaus.

„Der Tiergarten unseres Herrn ist groß, auf der Erde genau so wie bei uns im Himmel", seufzt Gabriel, nimmt dann die Feder und schreibt.

„Karl Borromäus. So, damit wären wir komplett.“

Von draußen dringt himmlisches Glockengeläute herein.

Gabriel sieht auf seine Taschenuhr.

„Zwölf! Was gibt's denn heute in der Kantine?“

Der Engel sieht auf dem Speiseplan an der Wand nach.

„Manna im Reisrand, Herr Erzengel.“

„Ah ja, heute ist ja Mittwoch. Dann komm, sonst wird es kalt.“

Gabriel nimmt wieder den riesigen Schlüssel heraus und schließt von außen die Tür ab.

Intermezzo

Nachdem wir nun die Brückenheiligen etwas näher kennengelernt haben, wird das schon erwähnte Zusammengehörigkeitsgefühl der Südseitler noch deutlicher. Alle sechs haben nämlich im Gegensatz zu den Nordseitlern einen direkten Bezug zu Würzburg, fühlen sich also als Würzburger.

Kilian, Totnan und Kolonat sind gezielt nach Würzburg gekommen, um die Einheimischen zu bekehren, Maria hat als Patrona Franconiae ohnehin enge Beziehungen zu der Stadt und Burkard und Bruno waren hier Bischöfe. Die Nordseitler hingegen haben mit Würzburg weniger zu tun. Pippin und Karl der Große haben in Ausübung ihrer Macht wohl schon mal hier verweilt, Friedrich und Borromäus werden wohl kaum hier gewesen sein, ja vielleicht nicht einmal gewusst haben, dass es Würzburg überhaupt gibt, Nepomuk könnte von König Wenzel davon gehört haben und zu Zeiten Josefs hat die Stadt nicht einmal existiert, sondern es gab bloß ein kleines Fischerdörfchen auf der Mainviertelseite.

Deshalb werden Würzburger Angelegenheiten, besonders die Entscheidungen des Stadtrates, von der Südseite ungleich heftiger diskutiert. Die Nordseite sieht die Probleme mehr europäisch ausgerichtet.

Die Nacht war inzwischen vorangeschritten und die Südseitler hatten sich wieder in der Brückenmitte versammelt und unterhielten sich. Totnan, ansonsten sehr gesprächig, beteiligte sich heute kaum an den Unterhaltungen und verschwand öfter mal hinter seinem Sockel. Kilian stand am Geländer und sah gedankenversunken in den Fluss.

Maria trat zu ihm.

„Na, Herr Kilian, befällt Sie auch das Heimweh, wenn Sie den Main so betrachten?“

„Heimweh? Warum sollte ich beim Anblick des Flusses Heimweh bekommen?“

„Sie könnten sich zum Beispiel wünschen, in einem Schifflein zu sitzen, den Main hinunterzufahren, dann den Rhein, durch den Ärmelkanal, über die irische See, nach Hause halt.“

„Nein, nein, ich gehöre nach Würzburg, das ist jetzt meine Heimat.“

Er machte eine längere Pause und fuhr dann fort.

„Wenn ich jetzt auf der steinernen Mainbrücke stehe, die das Zitadell von der Stadt trennt, und den gleitenden Strom betrachte, der durch Berge und Auen in tausend Krümmungen heranströmt und unter meinen Füßen wegfließt, so ist es mir, als ob ich über ein Leben erhaben stünde. Ich stehe daher gern am Abend auf diesem Gewölbe und lasse den Wasserstrom und den Luftstrom mir entgegenrauschen. Oder ich kehre mich um und verfolge den Lauf des Flusses, bis er sich in die Berge verliert, und verliere mich selbst dabei in stille Betrachtungen. Besonders ein Schauspiel ist mir sehr merkwürdig. Geradeaus strömt der Main von der Brücke weg, und pfeilschnell, als hätte er sein Ziel schon im Auge, als sollte ihn nichts abhalten, es zu erreichen, als wollte er es, ungeduldig, auf dem kürzesten Weg ereilen - aber ein Rebhügel beugt seinen stürmischen Lauf, sanft aber mit festem Sinn, wie eine Gattin den stürmischen Willen ihres Mannes, und zeigt ihm mit edler Standhaftigkeit den Weg, der ihn ins Meer führen wird – und er ehrt die bescheidne Warnung und folgt der freundlichen Weisung und gibt sein voreiliges Ziel auf und durchbricht den Rebenhügel nicht, sondern umgeht ihn, mit beruhigtem Laufe, seine blumigen Füße ihm küssend –“

Maria war entzückt.

„Wundervoll, wie Sie das gesagt haben, Herr Kilian. Sie können sich so poetisch ausdrücken."

Burkard hatte mitgehört.

„Ist Ihnen das wirklich eben eingefallen, Herr Kilian?"

Kilian räusperte sich etwas verlegen.

„Wie meinen Sie, Herr Burkard?"

„Ich dachte, diesen Text hätte ein gewisser Heinrich von Kleist in einem Brief an Wilhelmine von Zenge geschrieben."

Kilian brummte ein wenig unwillig.

„So? Ja, ja, schon möglich."

Burkard schob noch einen nach.

„Wenn ich mich recht erinnere, war es am 11. Oktober 1800."

„Sie brauchen mich nicht daran zu erinnern, Herr Burkard. Schließlich stand er vor m e i n e m Sockel, als er den Brief schrieb. Ich darf wohl annehmen, dass ich ihn durch meine unmittelbare Nähe dazu inspiriert habe, einen so schönen Text zu schreiben. Demzufolge habe ich Anteil daran."

Bruno trat näher.

„Sie wollen mit einem Schifflein nach Hause fahren, wie ich höre, Herr Kilian? Sicher nehmen Sie dann doch Ihre beiden Landsleute mit."

Kilian war verblüfft.

„Aber Herr Bruno, ich weiß gar nicht, wie...."

„Ich meine ja nur. Dann würden nämlich drei Sockelplätze frei, die neu besetzt werden könnten."

Er wandte sich an Burkard.

„Ich kenne da aus meiner Salzburger Heimat drei Heilige, die würden gut zu uns passen. Den heiligen Rupert, der ist der Patron von Salzburg, dann den heiligen Georg, zu dessen

Ehre in Salzburg jedes Jahr der Georgi-Ritt veranstaltet wird und den heiligen Lorenz, der Schutzpatron der Köche."

Sicher dachte er bei Letzterem an Germknödel, Palatschinken oder Kaiserschmarrn.

Burkard protestierte sofort.

„Ich unter lauter Österreichern? Das hätte noch gefehlt. Für die freiwerdenden Plätze muss natürlich als erster Bonifatius her, der damals sowieso schon für die Nordseite vorgesehen war, und dann natürlich ..."

Maria unterbrach ihn.

„Aber meine Herren! Selbstverständlich kommt zuerst mal meine Familie auf unsere Seite. Und dann hätte ich auch gerne meine Eltern in meiner Nähe, die sich im Himmel auf irgendeiner Wolke sehr einsam fühlen."

Jetzt wurde Kilian energisch.

„Keine falschen Hoffnungen, meine Herrschaften. Noch sind wir hier, und hier bleiben wir auch. Wie ich vorhin schon sagte, ist Würzburg jetzt unsere Heimat."

Zum ersten Mal meldete sich Josef von der anderen Seite.

„Das hätte man sich ja auch denken können, dass die nicht wegwollen. Was sollen sie denn auch in Irland, wo es immer kalt und regnerisch ist."

Es klang sehr enttäuscht. Wahrscheinlich hatte er sich auch schon darauf gefreut, die Seite zu wechseln und neben seiner Frau stehen zu können.

Kolonat wandte sich ihm sofort zu.

„Was heißt, in Irland ist es immer kalt und regnerisch? Hier in Würzburg kriegt man ja auch selten einen Sonnenbrand."

„Ihr auf der Südseite bestimmt nicht. Ihr habt ja die Sonne immer nur im Rücken.

Kolonat konterte.

„Das ist aber auch der einzige Vorteil, den ihr Nordseitler habt, dass euch die Sonne ins Gesicht scheint. Wir haben dafür die schönere Aussicht. Die Steinburg, die Rebhänge …

„Das Heizkraftwerk!“, warf Josef spöttisch dazwischen.

„Und ihr? Ihr könnt euch bloß den ganzen Tag das komische Kaff dahinten betrachten. Wie heißt es noch schnell, Totti?

Es kam keine Antwort.

„He, Totti, wo steckst du denn?“

Hinter Totnans Sockel hörte man ein gluckerndes Geräusch, dann kam er hervor.

„Was ist denn?“

„Mann, wo steckst du denn? Wie das Kaff dahinten heißt, wollte ich wissen.“

Kolonat zeigte dabei mit dem Finger mainaufwärts.

Totnan wischte sich den Mund ab.

„Hätzfeld!“

Bei diesem Namen zuckte Nepomuk zusammen. Gehörte doch dieses Hätzfeld, oder, wie es richtig heißt, Heidingsfeld, seinerzeit zur böhmischen Krone. Kaiser Karl IV. hatte es neben anderen Städten vom Reich gekauft, um bei seinen Reisen nach Frankfurt in eigenen befestigten Stützpunkten wohnen zu können. Der Drang nach etwas Eigenem im Grünen war schon damals ausgeprägt. Und weil es sich besser anhört, wenn man sagt:

„Diese Stadt gehört mir!“ als „Dieses Dorf gehört mir!“, verlieh er im Jahre 1367 Heidingsfeld kurzerhand die Stadtrechte. Nepomuk war zusammengezuckt, weil der Sohn Kaiser Karls des IV. eben jener Wenzel war, der ihn von der Karlsbrücke in die Moldau hatte werfen lassen, wie wir bereits erfahren haben. Da Wenzel also öfter in Heidingsfeld verweilte, war es purer Zufall, dass er den armen Nepomuk von der Karlsbrücke in Prag stieß. Er hätte ihn genauso gut auf einer seiner Reisen von der alten Mainbrücke werfen können. Man sieht, wie klein die Welt ist.

Die Reise der Frankenapostel

Fragt man Würzburger Bürger danach, welche Heiligen auf der alten Mainbrücke stehen, werden zuerst die drei Frankenapostel Kilian, Kolonat und Totnan aufgezählt. Bei manchen Zeitgenossen erschöpft sich damit das Wissen dann auch.

Wir wollen uns also einmal ansehen, wie die drei bekanntesten Brückenfiguren überhaupt nach Würzburg gekommen sind zu der Zeit, als sie noch nicht aus gelbem Schilfsandstein, sondern Menschen aus Fleisch und Blut waren.

Wir begeben uns dazu nach Irland in das Kloster Killmackillogue in der jetzigen Grafschaft Kerry, so etwa um das Jahr 684.

Kilian, um das Jahr 640 in Mullagh geboren, war über Clonmacnoise, wo er eine Pfarrstelle hatte, an die Südwestküste Irlands gekommen, um hier im Kloster nach den frommen und strengen Regeln Columbans zu leben. Er war inzwischen ein altgedienter Mönch und hätte im Kloster Karriere machen können. Die Leitung des Klosters übernehmen und irgendwann in Ruhe das Zeitliche segnen und den Himmel betreten können. Aber Kilian wollte etwas anderes. Eines Abends war er in Gedanken versunken. Wie im Kloster üblich, war es ein langer Tag gewesen. Bereits um halb drei Uhr morgens erhoben sich die Mönche zum Morgengebet. Sonst wäre es ja auch kein asketisches Leben, wenn man erst ausschlafen und am Ende noch opulent frühstücken wollte. Obwohl die Iren das heutzutage mit Tee, Orangensaft, Toast, gebratenen Eiern mit Schinken, gebratenem black Pudding (hierzulande Blutwurst genannt), gegrillten Tomaten und Würstchen besonders gut können. Stattdessen beteten die

Mönche schon wieder zwischen fünf und sechs Uhr, wenn die Vögel den neuen Tag begrüßten. Um halb acht war das erste gemeinsame Gebet des Tages und um neun Uhr ging dann jeder seiner Tagesbeschäftigung nach. Landwirtschaftliche Arbeit, Tierzucht, Fischfang, Saubermachen oder Kochen. Um drei Uhr nachmittags war Feierabend, was die Arbeitszeit betrifft. Das sind zwar nur sechs Stunden, bei sieben Tagen macht das aber auch zweiundvierzig Wochenstunden. Aber vielleicht war sonntags ja auch Ruhetag. Jedenfalls traf man sich nach drei Uhr zur Hauptmahlzeit und danach nochmal zum Abendgebet. Mit dem Sonnenuntergang war der Tag dann auch zu Ende. Eine optimale Energieausnutzung. Bei solch einem Leben braucht man keine Sommerzeit. An diesem Abend legte sich Kilian trotzdem noch nicht gleich schlafen, sondern saß in der Abenddämmerung vor seiner Zelle.

Nicht weit von ihm entfernt saß Kolonat, der auch noch keine Lust hatte, sich schlafen zu legen. Kilian ging zu ihm.

„Bruder Kolonat, mir gehen da so einige Gedanken durch den Kopf. Unser Klosterleben ist ja gottgefällig und wird uns einen guten Platz im Himmel bescheren, aber irgendwie ist mir das nicht genug."

Kolonat, der noch nicht wusste, worauf Kilian hinauswollte, antwortete:

„Aber wir Mönche müssen nach den Regeln des Bruders Columban leben und ein ganz einfaches, asketisches Leben führen. Essen, so hat er uns gelehrt, ist täglich notwendig, einfach weil man täglich Kraft haben muss, um zu beten, zu arbeiten und zu lesen. Und es ist eine Sünde für einen Mönch, mehr als dieses einfache Leben zu haben, sogar schon, mehr als das zu wollen."

Kilian lächelte.

„Du hast deine Lektion gut gelernt, Bruder Kolonat. Aber ich meine kein besseres Leben oder gar weltliche Güter, wenn ich sage, das Leben hier ist mir nicht genug."

Er zögerte ein wenig, glaubte aber, Kolonat gut genug zu kennen, um nicht ausgelacht zu werden, wenn er ihm von seinen Gedanken erzählen würde.

„Manchmal wünsche ich mir, etwas zu tun, worüber die Leute auch später noch, wenn ich schon im Himmel bin, mit Hochachtung sprechen."

„Das wird schwer hier bei uns in Irland, Bruder Kilian. Die Iren sind alle zum christlichen Glauben bekehrt, das hat schon der heilige Patrick besorgt.

Der ist dafür nicht nur heilig gesprochen worden, sondern sogar ein Berg ist nach ihm benannt. Diesen Berg könnten wir besteigen, aber außer einem Nachlass unserer Sünden kommt nichts dabei heraus. Berühmt werden wir dadurch nicht."

„Völlig richtig, Bruder Kolonat. An das Besteigen des Croagh Patrick hatte ich auch gar nicht gedacht. Es müsste schon etwas Großes, Bedeutendes sein. Einen Berg besteigen kann ja jeder."

Tatsächlich besteigen auch heute noch jedes Jahr am letzten Wochenende im Juli Zehntausende den Croagh Patrick, den heiligen Berg der Iren. Auf ihm hatte der heilige Patrick im Jahre 441 nach großem Vorbild vierzig Tage gebetet und gefastet, zum Heil für das irische Volk. Die Bergsteiger, na ja, eher Bergwanderer, glauben nun, dass ihnen ihre Sünden vergeben werden, wenn sie den Gipfel erklimmen. Die ärgsten Sünder besteigen den Berg sogar barfuß. Das ist eine Buße, die besonders weh tut, weil die Sünder dann mit zerrissenen und blutigen Füßen unten wieder ankommen. Aber dadurch ist dann auch das Sündenkonto völlig leer geräumt und kann im kommenden Jahr bis zum nächsten Aufstieg wieder kräftig aufgefüllt werden. Die Füße sind bis dahin auch wieder verheilt. Vielleicht wird ja auch am jüngsten Tag bei der großen Abrechnung gezählt, wie oft man den Croagh Patrick bestiegen hat.

Aber Kilian hatte etwas anderes im Sinn und fuhr fort.

„Die Iren können wir nicht mehr bekehren. Aber ich habe gehört, auf dem Kontinent, und zwar in dem großen Reich der Merowingerkönige, sind die Leute noch heidnischen Glaubens. Die haben für alles ihren eigenen Gott oder ihre eigene Göttin. Wotan, der Göttervater, der auch als Gott des Krieges, der Dichtkunst, der Runen und der Toten am meisten zu tun hat, dann Donar, der Wettergott, Freyja, die Liebesgöttin und Frigg, die Göttin der Frauen und der Familie."

Wie man sieht, haben sich die Ressorts bis auf den heutigen Tag kaum geändert. Die Ressorts Krieg und Tote sind zusammengefasst und heißen heutzutage Verteidigung. Dichtkunst und Runen sind zu Wissenschaft zusammengezogen worden, Wetter wurde auf Umwelt erweitert und das Ressort Frauen und Familie sogar unverändert übernommen. Nur ein Ministerium für Liebesangelegenheiten gibt es derzeit nicht, sollte man aber mal ins Auge fassen. Aber lassen wir Kilian fortfahren.

„Wir könnten den Heiden erklären, dass es diese Kriegs-, Wetter- oder Liebesgötter nicht gibt und die Leute zum Christentum bekehren."

Kolonat war nachdenklich geworden.

„Das könnten wir machen. Aber wenn uns die germanischen Götter, diese Wotans, Donars und wie sie alle heißen, böse sind, dass wir ihnen die Leute wegnehmen? Ich habe keine Lust, mich mit Göttern anzulegen."

Kilian sah Kolonat mitleidig an.

„Bruder Kolonat! Götter, die es nicht gibt, können einem auch nichts Böses tun."

Also, damit hatte Kilian ja nun recht. Außerdem ist er auch schon viel länger im Kloster als ich, dachte sich Kolonat, da wird er es ja genau wissen.

„Gut, Bruder Kilian, ich bin dabei. Wann soll es denn losgehen?"

Kilian freute sich, dass Kolonat spontan mitmachen würde, gab aber zu bedenken:

„Wir beide alleine können an eine solche Aufgabe nicht herangehen. Wir brauchen noch einige Leute."

„Ich arbeite tagsüber beim Fischfang mit einem jungen Mönch namens Totnan. Wir verstehen uns sehr gut. Ich glaube, Totnan würde mit uns kommen."

Zufrieden legte sich Kilian schlafen. Er hatte Mitstreiter gefunden, jetzt konnte er sein Vorhaben angehen.

In der Folgezeit trafen sich Kilian, Kolonat und Totnan öfter, um Einzelheiten zu besprechen. Besonders Totnan konnte sich nicht recht vorstellen, wie man auf den Kontinent gelangen sollte. Kilian erzählte ihm von Columban und anderen Wandermönchen, die die Überfahrt von Irland an Britannien vorbei nach Frankreich in einem Boot unternommen hatten. Das war schon eine unglaubliche Leistung. In einem zehn Meter langen Boot, das aus einem Holzgerippe bestand und mit gegerbten und gefetteten Ochsenhäuten bespannt war, segelten die Mönche zum Kontinent. Doch schon hundert Jahre vorher hatte einer von ihnen, der irische Mönch Brendan, eine größere Segeltour mit einem solchen Boot unternommen.

Entgegen der verbreiteten Ansicht, Christoph Kolumbus habe 1492 Amerika entdeckt, war es in Wirklichkeit jener Mönch Brendan, der Mitte des sechsten Jahrhunderts mit seinem Boot vom Co. Kerry in Irland über die Hebriden, Island und Grönland nach Neufundland gesegelt war und damit der eigentliche Entdecker Amerikas ist. Doch bescheiden, wie die Iren sind, überlassen sie den stolzen Spaniern den Triumph. Dass es so war, genügt ihnen. Sich damit zu brüsten, überlassen sie anderen.

Totnan schluckte. In einem Boot eine solche Strecke über das offene Meer zurückzulegen, das war ihm doch nicht ganz geheuer. Aber er ließ sich nichts anmerken. Wenn er heute daran zurückdenkt, ist er ganz stolz auf sich. Für diese Strekke, die sie damals gesegelt und gerudert sind, braucht heutzutage ein Autofährschiff zwanzig Stunden. Und damals hatten sie in ihrem Boot keine Schlafkabine mit Dusche, kein Sonnendeck mit Liegestühlen, kein Restaurant und keine Kaffeebar. Nicht mal Tabletten gegen die Seekrankheit. Besonders der letzte Punkt hatte ihm damals arg zu schaffen gemacht.

Die Reiseplanungen schritten jedenfalls zügig voran, und auch die restlichen Mitfahrer wurden bald gefunden. Die vom heiligen Columban aufgestellte Klosterregel enthält nämlich nicht nur Anweisungen über Essen, Beten, Arbeiten und Lesen, sondern auch einen ausführlichen Strafenkatalog, bei dem man auf Dauer nicht um blaue Flecke und Striemen herumkommt. Wir wollen uns einmal ansehen, womit ein Mönch so alles sündigen konnte und was er dafür bekam.

Ein Mönch, der kein Tischgebet oder kein „Amen" nach dem Segen des Essens sagte, bekam sechs Schläge mit der Peitsche. Wer bei Tisch unnötigerweise sprach, sechs Schläge. Wer sagte „mir gehört dies", egal, was er damit meinte, sechs Schläge. Das Gleiche bekam derjenige, der das Kreuzzeichen über seinem Löffel vergaß oder unangemessen seine Stimme erhob. Zwölf Schläge bekam der, der das Gebet vor oder nach der Arbeit vergaß; fünfzig Schläge für einen Bruder, der tadelte. Wer es ablehnte, um Vergebung zu bitten, oder wagte, seinen Unschuld zu beteuern, fünfzig Schläge. Sondergebete wurden auferlegt, wenn verschwenderisch mit Essen umgegangen wurde. Wer am Beginn eines Psalms hustete und nicht gut sang, wurde mit sechs Schlägen bestraft. Wer mit den Zähnen in den Kelch biss, sechs Schläge. Wer beim Opfer nicht die Ordnung einhielt, sechs Schläge. Wer beim Chorgebet lächelte, sechs Schläge; wenn er in lautes Lachen ausbrach, ein besonderes Fasten, außer, wenn es aus einem verzeihlichen Grund geschah. Wer mit unreinen Händen das geweihte Brot empfing, zwölf Schläge. Wer vergaß, seine Opfergabe zu bringen, bevor man zur Messe ging, hundert Schläge.... Wer von einem Bruder übel redete oder einen anderen, der das tat, zustimmend anhörte, ohne ihn zu berichtigen, drei besonderen Fasten.

Viele Brüder hatten deshalb einen heimlichen Groll. Deshalb war angesichts eines solchen Kataloges das Angebot, mit Kilian zum Festland zu reisen, nicht zu verachten. Er hatte keine Mühe, neun weitere Interessenten zu finden. In jener Zeit reisten die irischen Mönche nämlich immer im Zwölfer-Pack, eine Anlehnung an die zwölf Apostel. Wäre damals schon das Fußballspiel in Mode gewesen, hätte man die eine oder andere Meinungsverschiedenheit mit den Heiden durch ein Match austragen können.

Sie gelangten also mit ihrem Boot, dessen Nachbildung heute noch in Irland in der Nähe von Limerick zu besichtigen ist, zum Festland. Während der Reise beteten elf Mönche, dass kein Unwetter heraufziehen möge. Der zwölfte, mit Namen Totnan, hing meistens über die Bordwand gelehnt und betete, dass sich sein Magen beruhigen möge.

An der Küste angekommen, bildeten die zwölf Mönche zur Weiterreise kleine Gruppen. In einer kleineren Gruppe kommt man leichter vorwärts. Auch hatte man verschiedene Ziele. Kilian, Kolonat und Totnan verabschiedeten sich also von ihren Gefährten und machten sich auf den Weg. Sie waren völlig fremd und auf die Auskunft Ortskundiger angewiesen. Und wer ist für weite Reisen über Land ortskundiger als ein Kaufmann? Also schlossen sie sich Kaufmannszügen an. Das hat viele Vorteile. Die Kaufleute kennen den Weg, man kann sich also nicht verlaufen. Wenn trotz gelernter Sprache dialektbedingte Verständigungsschwierigkeiten mit Einheimischen auftreten, können die Kaufleute helfend eingreifen, und schließlich kann man sich ein wenig auf einen Wagen hocken, wenn die Blasen an den Füßen gar zu sehr schmerzen. So kamen sie gut voran, lernten Land und Leute kennen und sahen eine Menge hübscher Städtchen. In denen hatten sie immer Aufenthalt, weil die Kaufleute ihre Waren auf den jeweiligen Marktplätzen den Bürgern anzudrehen versuchten. Da Not, wie man weiß, erfinderisch macht, hatten die Mönche eine gute Idee. Sie konnten mehrere Sprachen sprechen und waren auch sonst sehr gebildet, also verkauften sie Wissen. Wenn die Leute Fragen hatten, konnten sie zum Stand der Mönche kommen und sich gegen Entgelt Antworten holen. Jeder Hersteller eines enzyklopädischen Werkes wendet inzwischen diese Methode an. Zunächst waren die Leute sehr erstaunt, wenn sie die irischen Wandermönche sahen. Die trugen lange Mäntel aus dunklem Wollstoff und hatten sich einen Lidschatten und einen Lidstrich aufgemalt in Rot oder Schwarz. Diesen Brauch kann man bei einem Teil der Würzburgerinnen immer noch sehen, wenn man durch die Innenstadt schlendert. Als Frisur hatten sie eine keltische Tonsur; das Haar geschoren von Ohr zu Ohr in Form eines sphärischen Zweieckes. Wer mathematisch weniger bewandert ist, kann sich diese Form auch als ein Stück Orangenschale vorstellen, wenn man die Orange vorher mit einem Messer einritzt. Zum Ausgleich dafür war das Haar am Hinterkopf sehr lang. Alles in allem ein Aussehen, mit dem man heutzutage in der Fußgängerzone wahrscheinlich als Punk eingestuft würde.

Als Gepäck hatten Kilian, Kolonat und Totnan je einen ledernen Proviantsack, eine Büchertasche und eine Handglocke, die genauso aussah, wie man sie im Sommerurlaub im Allgäu von den Viehweiden her kennt. Kilian als Bischof hatte noch einen Stock, den damaligen kurzen Hirtenstab des Abts.

So wären sie wohl unbehelligt in sicherem Geleit nach Ostfranken gekommen, wenn sich nicht ein besonderer Zwischenfall ereignet hätte.

Die Abenddämmerung war schon hereingebrochen, aber Kaufleute und Mönche wollten noch ein kleines Stück des Weges zurücklegen. Hinter einer Wegebiegung, dort, wo der Wald sehr nahe an den Weg herantrat, ertönte plötzlich ein fürchterliches Geschrei und wilde Gesellen mit rußgefärbten Gesichtern sprangen aus dem Gebüsch. In den Händen hielten sie Messer und kräftige Holzstöcke. Es waren Räuber in Ausübung ihres Broterwerbes. Aber so einfach wollten die Kaufleute ihre Waren ohne Bezahlung nicht hergeben. Auch die Fuhrknechte hatten blitzschnell stämmige Knüttel in der Hand, um damit den Räubern die Meinung zu geigen. Im Nu war die schönste Prügelei im Gange. Kilian, Kolonat und Totnan waren sehr erschrocken und standen ein wenig abseits. Totnan hatte sich als Erster wieder gefasst und krempelte sich die Ärmel auf. Doch Kilian hielt ihn zurück. „Lass ab, Bruder Totnan. Gott hat uns nicht diesen Weg gewiesen, damit wir uns mit Räubern und Wegelagerern prügeln. Wir wollen stattdessen beten."

Totnan zögerte. Viel lieber hätte er tatkräftig mitgeholfen, das Problem zu lösen, aber erstens hatten sie außer dem Hirtenstab Kilians keinen Stock zur Hand, um in das Kampfgetümmel einzugreifen, und zweitens prügelt sich ein Mönch nun mal nicht. Was blieb ihnen also übrig, als im Gebet den lieben Gott zu bitten, der Sache zu einem gerechten Ausgang zu verhelfen?

So beteten sie eine Weile vor sich hin. Totnan war nicht ganz bei der Sache. Immer wieder beobachtete er verstohlen, was um ihn herum vorging. Plötzlich sah er, wie sich einer der Schurken mit einem langen Messer in der Hand heranschlich, um einen Kaufmann meuchlings zu morden. Hier konnte nun auch der frömmste Mönch nicht mehr einfach nur zuschauen. Totnan entriss dem verdutzten Kilian blitzschnell den Stock, zischte „Kolonat, komm!“ und war mit ein paar Sprüngen bei dem Räuber. Der erste Schlag mit dem Hirtenstab krachte auf dessen Hand, worauf das Messer zu Boden fiel. Durch den zweiten Schlag auf des Räubers Kopf verlor dieser kurzzeitig die Orientierung, erholte sich aber schnell wieder und wollte sein Messer aufheben, um sich damit auf Totnan zu stürzen. Aber da stand Kolonat vor ihm, den Griff des Räubermessers fest in der Hand und bereit, seinen Glaubensbruder zu verteidigen.

An diese Situation erinnert die steinerne Figur des heiligen Kolonat auf der alten Mainbrücke.

Den anderen Räubern erging es ähnlich und so schnell, wie sie gekommen waren, verschwanden sie auch wieder im Wald. Außer Beulen und Platzwunden hatte der eine oder andere der Räuber auch noch Verzierungen im Gesicht, die von Fuhrmannspeitschen herrührten. Kilian, dem ein Stein vom Herzen gefallen war, drohte seinen beiden Gefährten mit dem erhobenen Zeigefinger. Aber nur ganz kurz, dann klopfte er ihnen auf die Schulter. Gemeinsam mit den Kaufleuten konnten sie ihren Weg nun fortsetzen. Sie durchwanderten das ganze große Frankenland, indem sie den Spuren Columbans folgten, der diesen Weg schon neunzig Jahre vor ihnen gegangen war. Der Weg führte sie über Luxeuil, wo Columban seinerzeit ein Kloster gegründet hatte und sie ka-

Als Frisur hatten sie eine keltische Tonsur

men schließlich von Westen her an den Main. Schon lange, bevor sie Wirziburg zu Gesicht bekamen, trafen sie freundliche Leute, mit denen sie sich sehr nett unterhielten. Als dann der Ort in seiner wunderbaren reizenden Lage vor ihnen lag, entfuhr Kilian das schon bekannte Zitat aus der Passio minor:

„Brüder, seht den herrlichen Ort und die uns angenehmen Menschen, mögen sie auch im Irrtum befangen sein. Wenn es euch einleuchtet, wollen wir es so machen, wie wir es verabredet, als wir noch in unserem Vaterlande waren."

Es ist nicht überliefert, ob Kilian diese Ansprache an Kolonat und Totnan in gälischer Sprache oder bereits in Fränkisch gehalten hat. Mit 'im Irrtum befangen' meinte er den heidnischen Glauben der Einwohner, aber wir wissen bereits, dass Kilian sich immer sehr gewählt ausdrückt. Sie gingen nun daran, den Herzog Gozbert und seine Untertanen zum Christentum zu bekehren, was ihnen auch gelang. Die Leute von den heidnischen Göttern abzubringen, das war nicht allzu schwer. Nur bei Donar, dem Wettergott, war die Sache nicht so einfach. Damals wie heute brauchen die Menschen immer einen Schuldigen für alles, was passiert. Und weil also Donar bis dahin daran schuld war, wenn den Leuten das Wetter nicht passte, wurde an seine Stelle einfach der Apostel Petrus gesetzt. Der ist zwar kein Gott, sondern nur der Himmelspförtner, aber jedenfalls hatten die Leute auch im neuen Glauben einen, der für das Wetter verantwortlich war. Und dann weiß man ja auch aus der Berufswelt, dass selten der Chef Schuld hat, wenn etwas schief geht, sondern immer ein Untergebener.

Von der Darstellung des Martyriums der drei Brückenheiligen wollen wir absehen und wieder zur nächtlichen alten Mainbrücke zurückkehren.

Da stand Kolonat vor ihm, den Griff des Räubermessers fest in der Hand

Der Prozess

Die Nacht war nun beinahe vergangen, bald würde der erste Silberstreif am Horizont zu sehen sein. Die Südseitler hatten sich die Füße vertreten, sich unterhalten, auch ein wenig gegenseitig geärgert, kurz, eine Nacht wie schon tausende zuvor. Nur Totnan hatte sich auffallend wenig bei seinen Mitbewohnern sehen lassen. Als Erstem fiel Kilian Totnans Abwesenheit auf. Er sah sich suchend um.

„Wo ist eigentlich Totnan?"

Niemand konnte Auskunft geben. Es war auch schon einige Zeit her, dass man Totnan gesehen hatte. Einzig Kolonat hatte sofort den Verdacht, dass Totnan sich in die Stadt abgesetzt haben könnte. Er wollte aber nichts sagen, sondern erst einmal abwarten. Kilian dagegen wurde nervös.

„Es wird doch schon bald hell, wir müssen doch auf unsere Sockel zurück."

„Na, ein bisserl Zeit ist schon noch", sagte Bruno, sich an das Brückengeländer lehnend. Er sah die Welt, wie es seiner Herkunft entsprach, eher gemütlich. Burkard hakte wie immer sofort nach.

„Er ist wahrscheinlich wieder in die Stadt verschwunden. Disziplin ist das nicht, einfach so abzuhauen. Wie stehen wir denn da, wenn er nicht rechtzeitig zurückkommt?"

Er sah Kilians erschreckten Blick und fuhr fort:

„Ihre Leute haben zu wenig Respekt vor Ihnen, Herr Kilian."

Kolonat war empört.

„Also, das ist doch ..."

Burkard winkte mit der Hand ab.

„So was würde ein Engländer nie machen, zu verschwinden, ohne sich bei seinem Vorgesetzten abzumelden. Wegen ihrer Disziplin ist die englische Armee in der ganzen Welt gefürchtet."

„Ja, das erleben wir seit dreihundert Jahren", ereiferte sich Kolonat, „wenn es um das Überfallen und Ausbeuten anderer Länder geht, beweist ihr eine eiserne Disziplin."

Maria versuchte zu schlichten.

„Aber meine Herren, wir wollen doch nicht streiten. Wir sind Brückenheilige. Weltliche Auseinandersetzungen überlassen wir den Politikern, die verstehen mehr davon."

Gelächter auf der Brücke, und zwar quer durch alle Nationalitäten. Nur Karl der Große lachte nicht mit. Als Heiliger hätte er lachen können, als Kaiser hätte er die Politiker verteidigen müssen. Da er beides ist, hielt er es für angebracht, sich der Stimme zu enthalten. Maria fuhr fort:

„Was soll denn aus der Welt und schlimmer noch aus dem Jenseits werden, wenn sich jetzt schon die Heiligen in die Haare kriegen? Besser ist es, jemand geht nachsehen, wo Totnan bleibt."

Kilian war erleichtert. Es war wirklich das Beste, nach Totnan zu suchen. Dieser Burkard ließ aber auch keine Gelegenheit aus, die Iren zu ärgern.

„Sehr guter Vorschlag", nickte er beifällig zu Maria, „wer erklärt sich bereit?"

Kolonat glaubte immer noch, dass Totnan von selbst wieder auftauchen würde.

„Er war schon mal in der Stadt, damals vor hundertfünfzig oder hundertsechzig Jahren, und war auch rechtzeitig wieder zurück."

Doch darauf wollte sich Kilian nicht verlassen.

Er drehte um, ging zu seinem Sockel und legte Mantel, Schwert und Mitra darauf

„Das heißt nicht, dass es diesmal wieder so ist. Also, wer geht?"

Niemand fühlte sich angesprochen. Bevor die Situation peinlich wurde, sagte Kolonat:

„Also gut, ich gehe nachsehen."

Burkard lachte.

„Das ist gut. Dann fehlen nachher zwei."

Jetzt war Kolonat beleidigt.

„Bitte, ich kann es ja auch lassen."

Kilian drängte.

„Es wird bald hell, meine Herrschaften. Also, wer geht?"

Keinerlei Antwort. Noch immer fühlte sich niemand angesprochen. Kilian wurde nervös.

„Gut, dann gehe ich selbst. Es fällt ja doch alles auf mich zurück, wenn er nicht da ist."

Er drehte sich um und wollte die Brücke in Richtung Stadt verlassen. Bruno rief ihm nach:

„Moment, Herr Kilian. So können's nicht gehen. So in voller Montur, meine ich. Sie könnten gesehen werden. Von älteren Leuten zum Beispiel, die unter seniler Bettflucht leiden und ihren Hund mitten in der Nacht spazieren führen."

Das sah Kilian ein. Er drehte um, ging zu seinem Sockel und legte Mantel, Schwert und Mitra darauf. Dann verließ er eilig die Brücke.

Bisher waren die Südseitler bei der Diskussion unter sich. Jetzt meldete sich Karl der Große:

„Wer sagt eigentlich, dass Totnan in die Stadt gegangen ist? Seht doch mal hinter seinem Sockel nach. Vielleicht liegt er dort und schläft."

Das war natürlich wieder etwas für Burkard.

„Na, das wäre etwas. Wenn Totnan hinter seinem Sockel liegt und Kilian sucht die Stadt nach ihm ab."

Er ging zu Totnans Sockel und sah nach. Als er sich umdrehte, hielt er eine leere Flasche hoch.

„Das ist ja ein starkes Stück."

Er roch an der Flasche.

„Hat eine ganze Flasche Schnaps ausgetrunken! Jetzt wundert mich nichts mehr. Natürlich wieder einer der Iren. So was gehört wirklich bestraft."

Borromäus war sofort hellhörig. Jetzt war seine Stunde gekommen.

„Bestrafen ist Sache der Justiz. Wie Sie wissen, meine Herren, bin ich Doktor beider Rechte. Ich schlage vor, ein spontanes Brückengericht zu bilden, um Gerechtigkeit walten zu lassen. Den Vorsitz übernehme ich selbstverständlich selbst. Sie, Herr Bruno, sind so gütig, als Protokollführer zu fungieren, da Sie offenbar des Schreibens mächtig sind. Also notieren Sie: Vorsitzender Richter: meine Wenigkeit. Zu Beisitzern werden ernannt: zu meiner rechten Herr ... ähm ... schreiben Sie: Herr von der Große, mit Vornamen Karl. Zu meiner linken Herr Nepomuk, mit Vornamen Johann. So, beschlossen und verkündet. Die Sitzung ist eröffnet. Zum Aufruf kommt die Sache Totnan, ... ähm ... wie heißt Herr Totnan mit Nachnamen?"

Es entstand eine Pause, bis Kolonat sagte:

„Er hat keinen."

„Keinen Nachnamen?" Borromäus war erstaunt.

„Dann kommt also zum Aufruf die Sache Totnan wegen böswilligen Verlassens."

„Doch wohl eher wegen Trunkenheit im Brückendienst!", warf Burkard dazwischen.

„Das ist in Irland nicht strafbar!" Kolonat war empört. „Wenn Trunkenheit im Dienst strafbar wäre, dann säßen alle Iren im Gefängnis."

Als er sich umdrehte, hielt er eine leere Flasche hoch

Borromäus stellte seinen Kelch beiseite, legte die Hostie daneben und klatschte mangels Hammer in die Hände.

„Meine Herren, ich muss doch sehr bitten! Wir sind nicht in Irland. Was hier strafbar ist, bestimme ich. Zuerst die Vernehmung zur Person:

Angeklagter, Sie heißen mit allen Vor- und Nachnamen?"

Stille. Aber Borromäus war ganz in seinem Element. Immerhin war es sein erster weltlicher Prozess und er war entsprechend übereifrig.

„Angeklagter, in der Sache haben Sie ein Aussageverweigerungsrecht, aber zur Person müssen Sie Angaben machen!"

„Er ist nicht da!", sagte Burkard belustigt. „Das ist es doch gerade, was wir ihm vorwerfen."

„So? ... Ähm ... ach ja. Dann werden wir in Abwesenheit über ihn verhandeln. Herr Kolonat, ich vernehme Sie als Zeugen. Betrachten Sie sich als fristgerecht geladen. Sie heißen mit allen Vor- und Nachnamen?"

„Ich heiße nur Kolonat. Ohne Nachnamen."

„Protokollführer, vermerken Sie: Kolonat ohne Nachnamen. Wie alt sind Sie, in vollen Jahren?"

„Etwa eintausenddreihundertundvierzig"

„Bitte etwas genauer. In welchem Jahr des Herrn sind Sie geboren?"

„Ach, wissen Sie, Euer Ehren, in Irland freut man sich, wenn ein Kind gesund zur Welt kommt. Dann wird kräftig gefeiert, das Ausfüllen von Geburtsurkunden betrachten wir als Zeitverschwendung".

„So, na ja." Borromäus beugte sich zu seinem linken Beisitzer Nepomuk.

„Seltsames Volk, diese Iren. Wissen nicht, wann sie geboren sind." Nepomuk stimmte pflichtschuldigst zu.

„Also, Herr Zeuge. Sind Sie mit dem Angeklagten verwandt oder verschwägert?"

„Nicht, dass ich wüsste."

„Protokollführer: Der Zeuge ist mit dem Angeklagten nicht verwandt und nicht verschwägert." Zu Kolonat: „Was können Sie uns zum Tathergang erzählen?"

Kolonat sah Borromäus fragend an.

„Welchen Tathergang?"

„Immerhin handelt es sich um unerlaubtes Entfernen von der Brücke. Wann haben Sie den Angeklagten zum letzten Mal gesehen?"

Kolonat zuckte mit den Schultern.

„Vorhin irgendwann."

Borromäus' Blick zum Himmel verriet, wie sehr seine Geduld strapaziert wurde.

„Vorhin irgendwann! Wie soll man mit solchen Aussagen einen Prozess führen!"

Burkard mischte sich ein.

„Sie haben doch vorhin gehört, Herr Borromäus …"

Borromäus unterbrach ihn.

„Sagen Sie einfach Hohes Gericht".

„Sie haben doch vorhin gehört, dass Iren sich keine Zeiten merken können und lieber einen heben. Vielleicht …"

Er ahmte mit zurückgelegtem Kopf und hohler Hand die Geste des Trinkens nach

„ … hat Kolonat ja auch mitgefeiert."

Kolonat warf Burkard einen bösen Blick zu.

„Sie können also zum Verschwinden des Angeklagten keine Angaben machen, Herr Zeuge?"

Kolonat war genervt.

„Nein! Aber fragen Sie doch mal Pippin, der steht ihm ja direkt gegenüber. Vielleicht hat der was gesehen."

Borromäus warf Kolonat einen halb ärgerlichen, halb dankbaren Blick zu.

Was hier strafbar ist, bestimme ich

„Ja ... ähm ... das könnte uns helfen. Herr Nepomuk, lassen Sie den Zeugen Pippin in den Saal rufen!"

Nepomuk beugte sich zu ihm.

„Der Herr Pippin kann nicht erscheinen, Herr Vorsitzender."

„Was soll das heißen?? Ich bestehe darauf, dass ..."

„Herr Pippin darf heute Nacht seinen Sockel nicht verlassen, heute sind die Südseitler dran."

„Ach so, ja. Dann werden wir ihn indirekt vernehmen. Bitten Sie Ihren Nachbarn Josef, er möchte über Herrn Friedrich den Zeugen Pippin fragen lassen, ob er über das Verschwinden Totnans eine Aussage machen kann."

Nepomuk beugte sich zu Josef und flüsterte etwas, daraufhin beugte sich Josef zu Friedrich und flüsterte etwas, dann sah man, wie Friedrich sich Pippin zuwandte. Es sah aus wie 'Stille Post' auf einem Kindergeburtstag. Dann ging die Reihe rückwärts. Borromäus war schon ungeduldig. Er wandte sich an Nepomuk.

„Was sagt der Zeuge?"

Nepomuk war ein bisschen verlegen.

„Josef sagt, dass Friedrich ausrichten lässt, Pippin schnarcht und ist nicht zu wecken, ohne dass man es bis zum Sternbäck hören würde."

Borromäus war enttäuscht. Es lief nicht so, wie er es sich vorgestellt hatte.

„Er schläft? Jetzt? Er hat doch tagsüber Zeit zu schlafen."

Die Antwort bekam er von Karl dem Großen, der bisher nur still zugehört hatte.

„Mein Vater ist ein älterer Herr. Jetzt hält er quasi seinen Mittagsschlaf."

Borromäus befragte nun die anderen auf der Brücke, aber niemand hatte etwas gesehen. Er war hilflos. Es war keine Aussage zu bekommen, mit der er hätte etwas anfangen können. Aber er wollte sich keine Blöße geben und die Sache einfach fallen lassen.

„Damit ist die Beweisaufnahme geschlossen“, verkündete er, „ich darf um die Plädoyers bitten.“

Da kein Staatsanwalt zugegen war, ergriff Burkard die Gelegenheit.

„Hohes Gericht! Im vorliegenden Fall handelt es sich nicht einfach um einen Dummen-Jungen-Streich. Wo kämen wir hin, wenn jeder Brückenheilige des Nachts einfach die Brücke verlassen und sich in der Stadt herumtreiben würde. Zwar ist nach ein Uhr niemand von den Menschen mehr auf der Brücke zu erwarten und im Notfall sind wir ja auch alle schnell auf unseren Plätzen, wie wir vorhin gesehen haben. Aber was sollen sich Frühaufsteher wie Straßenbahnpersonal oder Bäcker denken, wenn sie mitten in der Nacht den Totnan am Hauptbahnhof, die Maria vor dem Dom oder Herrn Bruno in der Nähe des Cafés Haupeltshofer sehen? Unsere Glaubwürdigkeit als Brückenheilige steht auf dem Spiel! Außerdem ist das nicht das erste Mal. Totnan ist ein Wiederholungstäter. Schon einmal hat er die Brücke einfach verlassen. Er wurde damals nicht bestraft, woran man sieht, dass Milde bei ihm nichts nützt. Ich beantrage daher drei Monate Sockelherabsteigeverbot, und zwar ohne Bewährung.“

Borromäus war beglückt. Was hätte dieser Burkard als Staatsanwalt alles leisten können.

„Vielen Dank, jetzt bitte die Verteidigung.“

Wiederum trat Stille ein. Wer hätte auch als Totnans Verteidiger auftreten sollen? Kilian war in der Stadt, um Totnan zu suchen. Kolonat konnte als Zeuge nicht gleichzeitig Verteidiger sein. Josef und Maria hatten mit irdischer Gerechtigkeit zu schlechte Erfahrungen gemacht, wenn sie nur an Herodes oder Pontius Pilatus dachten. Karl der Große und

Nepomuk waren Beisitzer, Bruno fungierte als Schriftführer und Pippin schlief. Blieb also nur noch Friedrich. Doch der weigerte sich zunächst.

„Ich habe von Totnan kein Mandat erhalten, ihn zu verteidigen. Außerdem war ich zu Lebzeiten Bischof und kein Advokat, bin also mit den Schlichen dieser Berufsgruppe nicht vertraut."

Das ließ Borromäus nicht gelten.

„Ihnen wird ja trotz der Berufung zum Bischof der Gerechtigkeitssinn nicht abhanden gekommen sein, Herr Kollege. Ich bestelle Sie hiermit zum Pflichtverteidiger."

Kolonat trat zu Friedrichs Sockel und raunte ihm zu:

„Friedrich, wir sind doch Leidensgenossen. Dich haben sie doch auch mit dem Schwert hingemacht, da können die anderen doch gar nicht mitreden. Lass Totnan nicht hängen. Bitte. Ich besorge dir auch wieder mal die Main-Post, wenn du auf deinem Sockel bleiben musst."

Friedrich ließ sich umstimmen. Wer durch das Schwert sterben muss, hält zusammen.

„Hohes Gericht! Wir haben es hier mit einem jungen Menschen zu tun, dessen Leben allzu früh auf grausame Art ausgelöscht wurde.

Und was ist denn schon geschehen? Totnan hat die Brücke verlassen. Das zweite Mal in fast dreihundert Jahren! Wir alle haben in unserer Jugend gesündigt und wer ohne Schuld unter uns ist, der werfe den ersten Stein."

Er blickte in die Runde. Josef und Maria sahen ihn empört an. Borromäus räusperte sich. Burkard und Bruno schienen plötzlich die Sterne zu zählen, Karl der Große schnäuzte sich und Nepomuk suchte verlegen in seinen Taschen. Kolonat grinste. Friedrich fuhr fort:

„Das erste Mal kam er rechtzeitig zurück, für unser Ansehen ist kein Schaden entstanden. Ich bin überzeugt, dass er auch diesmal wieder beizeiten hier sein wird, zumal Kilian sich bereits um die Sache kümmert. Ich beantrage, das Verfahren mangels öffentlichen Interesses einzustellen."

Borromäus bedankte sich.

„Das Urteil geht den Beteiligten schriftlich zu. Die Sitzung ist geschlossen."

Das Chaos

Am Horizont wurde es langsam hell. Ein Hahn krähte. Jetzt würde die Sonne bald aufgehen, es war Zeit, auf die Sockel zu steigen. Kilian und Totnan waren immer noch nicht zurück. Nun wurde es den anderen doch ein weinig ungemütlich zumute. Kolonat war jetzt auch sehr beunruhigt.

„Ich werde mich ebenfalls auf die Suche machen müssen. Auf Ihre Hilfe kann ich ja nicht rechnen, Herr Burkard."

Burkard gab sich ganz versöhnlich.

„Ach was, ohne unsere kleinen Streitereien wäre es doch langweilig. Natürlich helfe ich suchen. Ich nehme an, Bruno, du bist auch dabei."

Auch Bruno sah den Ernst der Lage ein und wollte sich beteiligen. Nur Maria bat, dableiben zu dürfen. Sie wollte sich ungestört ein wenig mit ihrer Familie unterhalten. Burkard übernahm die Organisation.

„Ich schlage vor, Kolonat übernimmt den Bezirk Domstraße – Schönbornstraße – Juliuspromenade, Bruno den Bezirk Domstraße – Hofstraße – Balthasar-Neumann-Promenade – Neubaustraße und ich übernehme den Rest von der Juliuspromenade über die Theaterstraße bis zum Residenzplatz. Ich glaube nicht, dass wir im weiteren Stadtgebiet suchen müssen. Uhrenvergleich? Oh, Entschuldigung, ich vergaß. Also dann, jeder muss so schnell wie möglich wieder hier sein."

Ein Multitalent, dieser Burkard.

Am Vierröhrenbrunnen trennten sie sich. Wenn jetzt jemand über die Brücke gelaufen wäre, der hätte angesichts der leeren Sockel seinen Augen nicht getraut.

Maria ging auf die andere Seite zu ihrem Mann und streichelte ihrem Sohn über den Kopf. Sie unterhielten sich leise. Josef trauerte noch ein wenig der Möglichkeit nach, die Seite wechseln zu können.

„Ich hätte mich so darauf gefreut. Dann hätten wir nachts zusammen heruntersteigen und auf der Brücke spazieren gehen können."

Maria tätschelte seine Hand.

„Wir sind ja auch so jede Nacht zusammen. Wir besuchen uns halt wechselseitig. Was sollten denn Kilian, Totnan und Kolonat auch in Irland machen? Ein Pub eröffnen und den Touristen Bier ausschenken? Außerdem kennen wir uns alle hier doch schon seit über zweihundertfünfzig Jahren. Wer weiß, ob die Neuen zu uns gepasst hätten."

Josef gab sich zufrieden. Im Moment war die Familie beieinander und wurde von den anderen nicht gestört. Maria war sehr nachdenklich.

„Woran denkst du?", fragte Josef.

„Hoffentlich ist Totnan nichts passiert. Ist aber auch dumm von ihm, einfach wegzulaufen. Ob er wirklich die ganze Flasche Schnaps getrunken hat?"

Plötzlich kam ihr eine Idee. Sie wandte sich an ihren Sohn.

„Kannst du uns nicht sagen, wo er geblieben ist, Jesus?"

Jesus ließ sich Zeit, dann antwortete er geheimnisvoll:

„Hunderttausendmal drüber und einmal drunter, hunderttausend Mal ab und einmal auf. Auf der Brücke zu stehen ist unser täglich Brot. Nach zwei mal fünfunddreißig ist die Welt wieder im Lot."

Josef und Maria sahen sich an. Sie waren von ihrem Sohn gewöhnt, dass er sich in Rätseln und Gleichnissen auszudrücken beliebte. Maria überlegte.

„Was bedeutet hunderttausend? Ob Totnan hunderttausend Schritte gegangen ist? Aber in welche Richtung?"

Ich schlage vor, Kolonat übernimmt den Bezirk Domstraße – Schönbornstraße – Juliuspromenade

Auch Josef konnte sich keinen Reim darauf machen.

„Hunderttausend Schritte sind ja auch zuviel. Wenn man den Schritt nur mit einem halben Meter rechnet, wären das fünfzig Kilometer. Dann wäre Totnan ja bis hinter Schweinfurt gelaufen. Oder nach Lohr. Oder an die Tauber."

Maria überlegte weiter.

„Hunderttausend, hunderttausend? Und auch noch darüber?"

Sie sah nach oben, wo wegen des nahenden Tages nur noch vereinzelt Sterne zu sehen waren.

„Ob hunderttausend Sterne gemeint sind? Sollte Totnan zu einer Fortbildungsveranstaltung ... ? Aber nein, erstens steht nichts auf dem Dienstplan und zweitens hätte er sich abgemeldet."

Josef stimmte ihr zu.

„Das passt ja auch nicht zu zweimal 35. Das wäre in Stunden zu kurz und in Tagen zu lang."

Sie rätselten noch eine Weile hin und her, kamen aber auf keine Lösung.

Burkard kam als Erster zurück.

„Nichts", sagte er zu Josef und Maria, „weder eine Spur von Totnan noch von Kilian. Hoffentlich hat einer der anderen mehr Glück."

Maria erzählte ihm von dem Rätsel und Burkard überlegte.

„Hunderttausend ist eine Zählung, mit der wir noch nichts anfangen können. Genauso zweimal fünfunddreißig. Aber warum sagt er, hier zu stehen sei unser täglich Brot? Das muss mit der Lösung zu tun haben."

Bruno kam gemütlich die Rampe hoch. Ihn schien das alles nicht im Mindesten aufzuregen.

„Und?", fragten die anderen gespannt.

„Niemand zu sehen", sagte er gemütlich, „ich habe auch kurz in der Münz- und in der Sanderstraße nachgesehen. Da ist kein Mensch auf der Straße und die Beiseln haben ja alle zu."

Jetzt setzten sie ihre letzte Hoffnung auf Kolonat. Der ließ auch nicht lange auf sich warten.

„Na, sind die beiden zurück?", fragte er schon von weitem.

Enttäuscht sagte Burkard:

„Wir dachten, du hast sie gefunden."

„Schön wär's. In der Augustinerstraße habe ich Plakate gesehen, dass dort heute abend die ‚Black Velvet Band' gespielt hat. Wunderschöne Musik aus unserer Heimat. Ich dachte, vielleicht steht Totnan dort mit noch ein paar Iren herum, quatscht und hat die Zeit vergessen. Aber es war niemand mehr da."

Es wurde immer heller. Da standen sie nun und wussten nicht, was sie machen sollten. Kilian und Totnan fehlten. Welch ein Skandal, wenn es Tag wird, die Leute kommen und zwei Sockel sind leer. Der Rest der Südseite geriet in Panik. Auch die Nordseite verkniff sich die sonst schadenfrohen Bemerkungen, wenn irgendetwas schief ging. Dazu war die Sache zu ernst. Es war auch völlig unmöglich, zwei in Stein gehauene Ersatzleute herzubringen. Man beratschlagte. Jesus nochmal zu befragen, hatte auch keinen Zweck. Wenn er es schon seinen Eltern nicht deutlicher verraten hatte, würde er es den anderen wohl kaum erklären. Außerdem hätte er ja dann auch gleich die Lösung sagen können. Was konnte mit dem Rätsel gemeint sein? Jetzt beteiligte sich die ganze Brücke. Außer den Zahlen hunderttausend, zwei und fünfunddreißig kamen noch die Wörter täglich und Brot vor. Halt! Brot! Hatte Jesus nicht damals ein paar tausend Leute gespeist, indem er durch ein Wunder aus zwei Fischen und fünf Broten genug zu essen für alle gemacht hatte? War das die Lösung? Verteilte Totnan irgendwo in der Stadt Brot und

Fische an die Leute? Brot kam ja im Rätsel vor. Fische zwar nicht, aber angesichts des nahen Maines war das ja nicht auszuschließen, obwohl, wie wir wissen, Meefischli fangen nicht seine Sache war. Aber hunderttausend! Da hätte ja mitten in der Nacht ganz Würzburg auf den Beinen sein müssen, und ein solches Volksfest wäre nicht zu übersehen gewesen. Außerdem glaubte man sich zu erinnern, dass es damals beim Wunder nur fünftausend gewesen waren. Man kam nicht weiter. Durch einen erneuten Hahnenschrei wurden die Brükkenheiligen aufgeschreckt. Josef meldete sich zu Wort:

„Noch bevor der Hahn zum dritten Mal kräht ...",

„muss jetzt eine Lösung her", vollendete Burkard in Abänderung des Originalzitates. Er hatte eine Idee.

„Hört mal her. Wir wollen die Sache mal ganz nüchtern betrachten. Kilian ist die meistfotografierte Figur. Das muss ich neidlos anerkennen. Ihn würde man als Erstes vermissen."

Er wandte sich direkt an Kolonat.

„Es bleibt uns keine Wahl, als dass du Kilians Sachen anziehst, sein Schwert in die Hand nimmst und dich auf seinen Sockel stellst. Vielleicht kriegen wir den Tag morgen auf diese Weise herum, ohne dass jemand etwas merkt und irgendwann müssen die beiden ja wieder auftauchen."

Kolonat hatte keine Zeit zu überlegen. Wenn die ganze Sache überhaupt noch einen Sinn haben sollte, dann musste es jetzt schnell gehen.

„Deinen Umhang, die Blume und das Kurzschwert legst du am besten hinter deinen Sockel", rief ihm Burkard noch zu, dann begaben sich alle auf ihre Plätze. Kolonat legte seine Sachen hinter seinen Sockel, ging zu Kilians Platz, zog den Umhang an, setzte die Mitra auf, nahm das Schwert und kletterte auf den Sockel.

„Gut so?", fragte er sein Gegenüber, den heiligen Friedrich. Der hatte noch etwas zu korrigieren.

„Schwert in die andere Hand, und nicht so senkrecht halten, mehr schräg. So stimmt es. Jetzt die segnende Hand etwas höher. So kannst du bleiben."

„Danke. Mann, ist das aufregend."

Kolonat versuchte, etwas ruhiger zu werden. Er hätte sich gerne umgesehen, ob die anderen schon alle in Positur standen, traute sich aber nicht, seine Position noch mal zu ändern. Er spitzte die Ohren, ob vielleicht vom Erwachen der Stadt schon etwas zu hören wäre - und traute seinen Ohren nicht. Von schräg unter ihm, vom Mainufer her war ein deutliches Schnarchen zu hören. Das konnte nur Totnan sein. Es fiel ihm wie Schuppen von den Augen. Totnans plötzliches Verschwinden und die leere Flasche Schnaps. Deshalb hatte ihn in der Stadt niemand gesehen. Totnan hatte sich bedudelt, war wahrscheinlich müde geworden und hatte sich offenbar irgendwohin gelegt. Auf der Brücke ging es ja nicht, also war er wohl die fünfunddreißig Stufen ... Mensch! Die Zahl aus dem Rätsel! Die Treppe neben Totnans Sockel, einmal runter und wieder herauf, macht zweimal fünfunddreißig! Jetzt war die Sache klar. Aber was war jetzt zu tun?

Rapport im Himmel

Bevor wir das Ende dieser ereignisreichen Nacht weiter verfolgen, wollen wir uns ein letztes Mal in den Himmel begeben. Dorthin wurde Totnan nämlich beordert, nachdem er den Schnaps ausgetrunken und sich in die Stadt abgesetzt hatte.

Gabriels Büro ist gedämpft beleuchtet. Ein anderer Engel hat Nachtdienst. Totnan, der nicht mehr gerade laufen kann, wird vom Nacht-Engel hereingeführt.

Schwankend bleibt er stehen und lallt.

„Ich weiß gar nicht, was ich hier soll."

Der Engel deutet auf einen Stuhl.

„Setz dich. Der Herr Erzengel hat mit dir zu reden."

„Aber wieso? Was habe ich denn..."

Der Engel unterbricht ihn.

„Das wird er dir selbst sagen. Er muss jeden Augenblick kommen."

Totnan versucht, den Engel umzustimmen.

„Hör mal, du könntest doch sagen, du hast mich nicht erreicht. Ich würde jetzt ganz unauffällig durch den Hinterausgang ..."

Wieder unterbricht ihn der Engel energisch.

„Ich stehe demnächst zur Beförderung an. Meinst du, ich riskiere wegen dir meine Höhergruppierung? Schließlich will ich auch einmal Erzengel werden. Außerdem stinkt inzwischen schon das ganze Zimmer nach Schnaps. Der Herr Erzengel würde es sofort riechen."

Die Tür wird geöffnet und Gabriel tritt ein. Er ist jetzt ohne Flügel und trägt einen goldbestickten Morgenmantel und Pantoffeln.

„Du bist wohl von allen guten Geistern verlassen, Totnan?"

Totnan stammelt kleinlaut.

„Ich weiß gar nicht, Herr Erzengel, warum Sie …"

„Auch noch dumm stellen, was? Soll ich dich mal mit geschlossenen Augen hier entlang laufen lassen? Hauch mich mal an!"

Was bleibt dem armen Totnan übrig. Er muss den Erzengel anhauchen. Gabriel wendet sich ab.

„Du hast eine Fahne, dass man's bis in die Chefetage hinauf riechen kann. Wo hast du eigentlich den Schnaps her?"

„Den hat ein Mann absichtlich vor meinen Sockel gestellt, Herr Erzengel. Absichtlich, um mich zu verleiten, dieses Zeug zu trinken. Ich konnte nicht widerstehen. Eigentlich hat dieser Mann Schuld."

Aber das lässt Gabriel nicht gelten.

„Na klar, du konntest nicht widerstehen! Wenn sie dich demnächst fragen, ob du in Würzburg Faschingsprinz werden willst, kannst du vielleicht auch nicht widerstehen?!

Wieso bist du eigentlich in deinem betrunkenen Zustand in die Stadt gelaufen?"

Totnan wird wehmütig.

„Ich hatte plötzlich so fürchterliches Heimweh, Herr Erzengel. Und da dachte ich, weil es doch in Würzburg irische Kneipen gibt, vielleicht treffe ich ein paar Landsleute, oder kann ein bisschen irische Musik hören."

Noch bevor Gabriel etwas sagen kann, beginnt er das Lied „Whiskey in the jar" zu singen:

Du hast eine Fahne, dass man's bis in die Chefetage riechen kann!

As I was goin' over
the Cork and Kerry Mountains
I saw Captain Farrell and his money
he was countin' ....

Gabriel sieht nach der Tür und macht eine energisch-beschwichtigende Handbewegung.

„Schscht! Willst du wohl aufhören, hier irische Sauflieder zu singen?"

Totnan sieht traurig zu Boden.

„Ich war schon so lange nicht mehr in Irland."

„Es wäre besser gewesen, euch in Irland auf eine Brücke zu stellen.

Dort fällt es nicht so auf, wenn ihr mal was trinkt."

Totnans Gesicht erhellt sich.

„Ja, auf eine Brücke in Dublin, Galway, in Cork oder in Limerick.

Ich hätte Banjo gespielt, Kolonat die Fiddel und Kilian Bodhrain."

Gabriel holt ihn wieder auf den Boden zurück.

„Ihr seid aber nun mal in Würzburg und da gehört ihr auch hin. Was mache ich denn jetzt mit dir? Du musst doch wieder hinunter. In ein paar Stunden wird es hell und da darf keiner fehlen auf der Brücke."

Totnan, der sich am liebsten in eine Ecke legen würde, gähnt ausführlich.

„Ach, Herr Erzengel, wenn ein Tag mal...."

„Du hörst mir jetzt zu! Du begibst dich auf der Stelle hinunter, legst dich ein paar Stunden unter die Brücke, damit dich niemand sieht, und schläfst deinen Rausch aus. Sobald es hell wird, stehst du wieder auf deinem Sockel. Haben wir uns verstanden?"

„Wenn man in fast dreihundert Jahren einmal …, mein Gott."

„Lass den Chef aus dem Spiel! Ob wir uns verstanden haben?!"

„Ist ja gut." Totnan schlendert zur Tür.

„Tschau."

Gabriel fährt ihn heftig an.

„Totnan!"

Der dreht sich wiederwillig um.

„Was?"

„Bei uns hier oben heißt das immer noch: Gelobt sei Jesus Christus!"

„Gelobt sei Jesus …", brummelt Totnan, dann fällt die Tür ins Schloss.

Gabriel ist empört.

„Tschau!! Fehlt noch, dass sie hier oben alles ‚geil' oder ‚cool' finden."

Der Engel grinst.

„Ja, und ‚ätzend', ‚krass' oder ‚rattenscharf'."

Gabriel ist erstaunt.

„Ach! Du kennst das auch schon?"

„Na ja, Herr Erzengel, es kommen ja genügend junge Leute herauf zu uns, Motorräder und so, Sie wissen schon. Da lernt man das eben."

„Am Ende müssen wir die Bibel mit modernisiertem Text neu heraus geben, was?"

Gabriel ist jetzt eher belustigt.

Der Engel steigt sofort darauf ein.

„Das wär' doch was. Das erste Buch Mose:

Am Anfang schuf Gott Himmel und Erde. Das war voll gut. Und die Erde war ätzend wüst und leer, und es war volle Kanne finster auf der Tiefe, und der Geist Gottes schwebte übelst cool auf dem Wasser. Und Gott sprach: Es werde

Licht! Und es ward Licht. Rattenscharfes Licht, hammermäßig.“

Gabriel muss lachen.

„Gut, dass es Nacht ist und uns niemand hört. Ich gehe jetzt wieder zu Bett.“

Er geht zur Tür hinaus, steckt aber noch einmal den Kopf herein und grinst.

„Tschau.“ Dann schließt er die Tür.

Der Engel sieht ihm nach.

„Aber Herr Erzengel!“

Alles wird gut

Unten auf die Brücke verkündete ein Silberstreif am Horizont den nahen Tag.

Kolonat war immer noch ganz aufgeregt.

„He, Friedrich! Totnan liegt unter der Brücke und schläft. Was meinst du, ob ich schnell runtergehe und ihn hole?"

„Nein, zu gefährlich. Es ist jetzt schon ganz hell. Wenn du dich bewegst, kann man es schon von weitem sehen. Versuch es mal mit Rufen."

Kolonat versuchte, Totnan aufzuwecken. Erst leise, dann etwas lauter, dann noch lauter.

„Was ist denn los da vorne? Seid ihr verrückt geworden?", schrie Burkard von seinem Sockel herüber,

„Was soll denn der Krach?!"

„Totnan liegt unter der Brücke und schläft", rechtfertigte sich Kolonat, „ich versuche ihn aufzuwecken. Aber der hört nichts. Ich muss runter und ihn holen."

Noch bevor Burkard antworten konnte, zischte Friedrich:

„Zu spät. Da kommt jemand vom Vierröhrenbrunnen her. Still jetzt!"

Es war aber kein Frühaufsteher, der da die Rampe hoch kam, sondern Kilian. Er sah erschöpft und verzweifelt aus.

„Nichts. Ich habe ihn nicht gefunden. Die ganze Stadt habe ich nach ihm abgesucht. Bis zum Hauptbahnhof und hinter der Residenz. Nichts."

Er hatte noch gar nicht bemerkt, dass Kolonat auf seinem Sockel stand.

„Er liegt unter der Brücke. Jemand muss ihn heraufholen. Bruder Kilian, wenn du vielleicht ..."

Kilian glaubte, nicht recht gehört zu haben.

„Er liegt unter der Brücke? Aber was macht er denn ..."

Kolonat war sehr aufgeregt.

„Bitte entschuldige, aber es muss schnell gehen. Vielleicht schaffen wir es noch, bevor jemand kommt."

Kilian blickte sich um.

Friedrich nickte ihm zu.

„Keine Zeit verlieren, Herr Kilian. Sie sind doch ohnehin schon halb unten. Sie können den Schaden noch begrenzen."

Kilian rannte die Treppe hinunter, soweit ältere Herren eine Treppe hinunterrennen können. Da war er! Totnan saß auf dem Boden, an eine der beiden Bänke gelehnt. Der Kopf war auf die Brust gesunken und er schlief fest. Laut und deutlich.

Kilian rüttelte ihn.

„Aufstehen! He, aufstehen! Was fällt dir ein? Es wird Tag und du sitzt hier unter der Brücke?"

Er hatte sich zu Totnan heruntergebeugt und konnte nun die Fahne riechen.

„Auch das noch! Du kommst jetzt bitte sofort mit. Über den Vorfall unterhalten wir uns heute Abend!"

Totnan erwachte schlaftrunken. Offenbar war er sich nicht sofort bewusst, wo er war und wer da etwas von ihm wollte. Kilian packte ihn am Arm und zog ihn hinter sich her, die Treppe hinauf. Auf etwa halber Höhe ließ er Totnans Arm los, was er nicht hätte tun sollen. Der wegen Restalkohols noch nicht intakte Gleichgewichtssinn Totnans bewirkte, dass dieser stehend kehrt machte und fünf Stufen weiter unten zum Liegen kam. Beim zweiten Versuch, Kilian diesmal von hinten schiebend, erreichten beide das obere Ende der Treppe. Jetzt kam der schwerste Teil der Kür. Totnan musste ja auf seinen Sockel. Er, der sonst in jugendlichem Sprung diese Aufgabe spielerisch bewältigte, erklomm nun mit Kilians Hilfe unter Verlust jeglicher Grazie die kleine Plattform und versuchte sich aufzurichten, was ihm nur mühsam gelang. Alle Umstehenden, auch Pippin, der inzwischen erwacht war, hatten den Atem angehalten. Der schweißgebadete Kilian ging zu seinem Sockel, um seinen angestammten Platz einzunehmen. Dies hätte aber bedeutet: Kolonat klettert herunter, zieht Kilians Sachen aus, Kilian zieht seine Sachen wieder an und steigt dann auf seinen Sockel. Doch dazu war keine Zeit mehr. Vom Vierröhrenbrunnen her näherte sich nämlich eine Gruppe, die ersten Touristen an diesem Tag. Kolonat erfasste die Situation von seinem erhöhten Standpunkt aus sofort.

„Da kommen Leute, Bruder Kilian. Wir können nicht mehr tauschen. Bitte geh schnell zu meinem Sockel, bevor die etwas merken."

Auch Burkard ließ sich sofort vernehmen:

„Hierher, Herr Kilian, dann sind wir wieder vollzählig, wenn auch nicht in der richtigen Reihenfolge. Schnell!"

Was blieb Kilian übrig? Er ging zu Kolonats Platz und sah sich um. Burkard wies ihn ein.

„Hier, die Sachen liegen hinter dem Sockel. Bitte Beeilung, da vorne kommen sie schon." Kilian warf sich Kolonats Umhang über, nahm Kurzschwert und Blume und bestieg den Sockel. Keine Sekunde zu früh, denn eben waren die Touristen bei Totnan angekommen. Eine japanische Reisegruppe wollte ein paar Bilder machen. Gewöhnlich fotografieren japanische Touristen aus dem fahrenden Bus heraus, aber die alte Mainbrücke ist für Fahrzeuge ja gesperrt. Dass diese Reisegruppe schon in aller Herrgottsfrühe unterwegs war, erklärt sich aus dem Standardangebot der Veranstalter speziell für japanische Urlauber „Europa in sechs Tagen". Teure Fotoapparate wurden vor die Gesichter gehalten. Totnan bemühte sich um Haltung. Einer aus der Gruppe las aus einer Art Katalog mit hoher Fistelstimme in einer Geschwindigkeit, die der gesamten Urlaubsplanung angemessen war. Man konnte nur den Namen ‚Kilian' heraushören. Der Vorbeter deutete auf Kolonat. Die Fotoapparate wurden in die gezeigte Richtung gedreht und die Verschlüsse klickten. Die Gruppe machte kehrt und verließ die Brücke, denn am Rathaus stand schon mit laufendem Motor der Bus.

Die Stadt erwachte. Über den Dächern war schon die aufgehende Sonne zu sehen. Sie betrachtete sich die Brückenheiligen, wie schon hunderttausend Mal zuvor, seit die Figuren dort Platz gefunden hatten. Es würde ein schöner Tag werden. Die Festung lag im frischen Glanz des beginnenden Tages und der Main nahm seine Tätigkeit wieder auf. Die Heiligen auf der Brücke kamen zur Ruhe. Die Nordseite ohnehin, aber auch auf der Südseite legte sich langsam die Aufregung. Totnan bemühte sich, nicht von seinem Sockel zu fallen, was ihm von Stunde zu Stunde besser gelang. Kilian, pardon, Kolonat versuchte, Schwert und Hand richtig zu halten und bedeutend dreinzuschauen. Maria stand fest auf ihrem Drachen und hoffte, dass die Tauben heute mal Gefallen an anderen Vergnügungen finden würden. Kilian war nach den Anstrengungen der Nacht nur noch müde und wollte ein wenig schlafen. Burkard sonnte sich in dem Gefühl, den Iren wieder mal gezeigt zu haben, wie man auch im größten Chaos klaren Kopf behält. Und Bruno schielte schon in Richtung Brückenbäck und freute sich auf das Herausstellen von Tischen und Stühlen und den Duft von frisch gebrühtem Kaffee.

Irgendwann in der kommenden Nacht würden Kilian und Kolonat mit freundlicher Genehmigung der Nordseite ihre

Totnan erklomm nun mit Kilians Hilfe unter Verlust jeglicher Grazie die kleine Plattform

angestammten Plätze wieder einnehmen und dann wäre alles wieder im Lot.

Obwohl – nicht ganz. Denn diese Nacht hat ihre Spuren hinterlassen.

Der echte Kilian ist sicher schon abertausendemal fotografiert worden, aber irgendwo in Japan gibt es jetzt ein paar Bilder, die man als absolute Raritäten bezeichnen kann, denn darauf ist der heilige Kilian ohne Bart zu sehen. Und es erhebt sich natürlich die Frage, ob denn überhaupt irgendein Würzburger gemerkt hat, dass Kilian mal einen Tag ohne Bart war?

Wenn Sie künftig wieder über die alte Mainbrücke gehen, dann werden die Heiligen keine anonymen Figuren mehr sein, sondern Freunde, denen man im Vorbeigehen einen Blick zuwirft und sie in Gedanken beim Namen nennt. Und wer genug Phantasie besitzt, der wird sehen, dass der eine oder andere der Brückenheiligen den Blick mit einem Augenzwinkern beantwortet.

Sollten Sie sich aber des Nachts wieder einmal schwer vom Frankenwein trennen können und erst nach ein Uhr den Heimweg antreten, dann empfiehlt es sich, spätestens ab dem Vierröhrenbrunnen ganz, ganz leise zu sein. Denn vielleicht …

Ja, Sie haben es erraten.

Totnan
Irischer Mönch, mit Kolonan im Gefolge Kilians nach Würzburg gekommen, um christliche Missionsarbeit zu leisten, erlitt 689 den Märtyrertod, wird als Frankenapostel verehrt.

Kilian
Um 640 in Mullagh in Irland geboren, irischer Mönch und Wanderbischof, kam mit seinen Gefährten Totnan und Kolonat nach Würzburg, erlitt 689 den Märtyrertod, wird als Frankenapostel verehrt.

Maria
Muttergottes, wird in Würzburg auch als Patrona Franconiae verehrt, Geburts- und Sterbedaten nicht bekannt.

Kolonat
Irischer Name Coloman, siehe Totnan.

Burkard
Geboren im westlichen Südengland, im Gefolge von Bonifatius nach Franken gekommen, 742 zum ersten Bischof von Würzburg geweiht, gestorben 753 in Würzburg.

Bruno
Würzburger Bischof von 1034-1045, Sohn des Herzogs Konrad von Kärtnten, Förderer des Schulwesens in Würzburg, gestorben 1045 in Persenbeug an der Donau.

Pippin
741-751 Hausmeier von Austrien, 751 durch Absetzung der Merowinger an die Macht gekommen, vom fränkischen Adel zum König gewählt, Vater Karls des Großen, gestorben 768.

Friedrich
Bischof von Utrecht, Kämpfer gegen Irrlehren, ermordet auf Befehl von Kaiserin Judith, der zweiten Frau Ludwigs des Frommen.

Joseph
Ehemann der heiligen Maria, Nährvater Jesu, Geburts- und Sterbedaten nicht bekannt.

Nepomuk
geboren um 1350 in Pomuk (Böhmen), seit 1389 Generalvikar des Erzbischofes von Prag, von König Wenzel gefangengenommen, durch Sturz von der Karlsbrücke 1389 ermordet.

Borromäus
geboren 1538 auf Burg Arona (Oberitalien), 1559 Doktor beider Rechte, 1563 Bischofsweihe zum Erzbischof von Mailand, gestorben 1584 in Mailand.

Karl der Große
geboren 742 als Sohn von Pippin d.J., seit 768 fränkischer König, seit 800 römisch-deutscher Kaiser, gestorben 814 in Aachen.

Der Autor:
Kurt Egreder, aus Hessen stammend, lebt seit 1986 in Würzburg. Neben seiner Tätigkeit als Professor an der Fachhochschule widmet er sich seit 1987 der Schauspielerei.

Durch zahlreiche Rollen, wie z. B. „Prof. Bömmel“ (Feuerzangenbowle), „Gunderloch“ (der fröhliche Weinberg), „Petrus“ (Der Brandner Kaspar und das ewige Leben) oder „Josef Schwejk“ (Die Geschichte vom braven Soldaten Schwejk) ist er dem Würzburger Publikum bekannt.

Aus seiner Feder stammen zahlreiche Theaterstücke sowie ein Buch mit lustigen Kurzgeschichten unter dem Titel „Wie im richtigen Leben“, außerdem eine Sammlung von Kurzgeschichten des böhmischen Schriftstellers Jaroslav Hašek (Verfasser von „Die Abenteuer des braven Soldaten Schwejk“) und er ist Mitverfasser der Anthologie „...und ruhig fließt der Main“.

Der Zeichner:
Walter Heinemann, geboren 1932 in Düsseldorf.

Malerlehre, Werkkunstschule, erstes Engagement am Theater in Krefeld. Danach fortlaufende Engagements als Bühnenbildner und Theatermaler am Stadttheater Würzburg, am Landestheater Coburg, am Stadttheater Trier und am Stadttheater Ingolstadt. Gastenagements u.a. in Salzburg und Berlin.

Daneben freiberufliche Tätigkeit als Illustrator und freier Maler und Bühnenbildner.

Dozent an Volkshochschulen, verschiedene Ausstellungen in freier Malerei.

Er lebt heute in Hürth.